나는 모조인간

양억관 옮김 I SHIMADA MASAHIKO 시마다 마사히코

북스토리

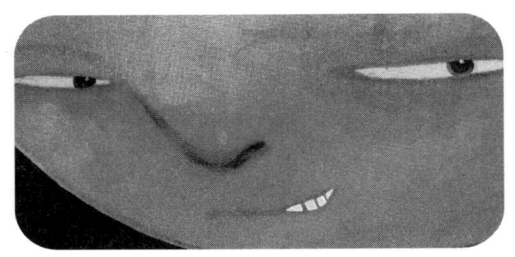

S H I M A D A   M A S A H I K O

모조인간의 수는 착실하게 증가하고 있는 것 같지만,
실체도 없는 존재이므로 확인이 불가능하다.
혹시, 당신의 주위에 벌써 나타났을지도 모른다.
물론 모조인간은 미치광이는 아니다. 안드로이도 컴
퓨터도 아니다.
어디까지나 살아 있는 인간이다. 그 때문에 음산하다.

– 저자 시마다 마사히코

CONTENTS

— 어때, 징그러울 정도로 명확한 인간존재의 이 윤곽은,
다른 것과 확연히 구분하는 이 차가운 선은 — 아아, 형식!

곰브로비치 『페르디두르케』에서

제1악장 빗나간 로또

　옛날 내가 살던 곳은 너무 캄캄해서 아무것도 보이지 않았지만, 소리는 잘 들렸다. 나는 짭짤하고 양념이 잘된 액체 속에서 여러 가지 소리를 들었다. 언제나 내 귀에는 큰북을 두드리는 소리와 시냇물이 흘러내리는 소리가 들렸다. 그 소리는 너무도 규칙적이어서 듣고만 있어도 잠이 왔다. 그러나 규칙이 깨어지는 경우도 있었다. 때로 그 소리는 높이 오르거나 강해지기도 하여 나를 놀라게 했다. 그런 때 나는 근거를 알 수 없는 불안이나 환희로 몸을 부르르 떨기도 하면서 부드러운 벽을 발로 찼다. 소리는 그 외에도 여러 가지가 있었다. 남자와 여자가 이야기하는 소리, 어린이들의 높은 목소리, 단무지를 씹는 듯한 소리, 이상한 음악 소리도 들려왔다. 그 모든 것들이 부드러운 벽을 넘어 나에게로 전해져왔다. 아무것도 보이지 않는 어둠의 세계였다. 그 소리들은 그냥 내 귀와 몸을 마사지해주는 것일 뿐이었다. 나중에 빛의 세계에 나와 졸졸거리며 흐르는 시냇물 소리라든지 어린이가 내는 새된 소리를 듣고서야, 아, 그러고 보니 저 암흑의 세계에서도 비슷한 소리를 들었었지, 하고 고개를 끄덕였다.

어느 날, 암흑의 세계에 지진 비슷한 것이 일어났다. 세계 전체가 경련을 일으키며 흔들리더니 부드러운 벽이 나의 다리와 머리를 조여왔다. 나는 필사적으로 배꼽에 붙어 있는 밧줄에 엉겨붙었다. 세계가 점점 좁아지고 괴로워서 도저히 가만히 있을 수 없었다. 그러는 사이에 밧줄이 엉켜 있는 내벽이 열렸다. 수액이 점점 흘러나가고, 나는 어쩔 수 없이 그 세계에서 망명의 길을 떠나야 했다. 나는 머리에 엄청난 힘의 압박감을 느끼고 단말마의 비명(달리 표현할 길이 없다)을 들었다. 그것은 여자의 비명인 듯했다. 그러자 갑자기 섬광이 번쩍했다. 그것은 태아인 나의 죽음을 알리는 빛이었다.

곰 발바닥 같은 젊은 산부인과 의사의 손에 붙잡혀 어머니의 자궁 밖으로 끌려나왔을 때, 나는 바로 울음을 터뜨리지 않았다. 의사는 황급하게 나의 푸른 엉덩이를 두드리며 '울어라.' 하고 명령했다. 나는 의사를 살인마로 착각하고 죽은 척하고 있었던 것이다. 분만 후 1분이 지나서야 비로소 주위 사람들을 안심시키는 울음을 터뜨렸다. 그러나 그것은 김빠진 솥뚜껑에서 새어나오는 듯한 맥없는 울음소리였다.

분만실 밖에서 초조하게 오가던 아버지는 나의 울음소리를 듣고 방으로 뛰어 들어왔다가 의사와 간호사가 침묵하고 있는 것을 보고 장애아가 나온 것은 아닌가 하여 일순 간담이 서늘해졌다. 아버지는 내가 무뇌아도 아니고 가슴이 붙은 일란성 쌍둥이도 아님을 확인하고, 또 의사에게 정상이라는 설명을 듣고서야, 심각한 얼굴에 미소를 머금다가 마침내 얼굴을 찢으며 크게 웃었다.

간호사가 내 손과 몸에 묻은 어머니의 피와 점액, 그리고 물풀처럼 달라붙은 점막을 씻어낸 후에야 나는 어머니의 품에 안길 수 있었다.

"이놈은 태어나는 순간부터 부모를 놀렸어."

그녀는 힘없이 말했다.

분만실에서 폭소가 터졌다. 의사도 간호사도 웃었고, 어머니도 아픈 배를 움켜쥐고 웃었다. 다행이라고 모두 입에 입을 모았다. 뭐가 다행인지 나는 알 수가 없었다. 그때 가벼운 지진이 일어났다. 웃음소리는 시간이 멈추기라도 한 듯이 응고되었다. 1960년 어느 날의 일이었다.

내가 탄생한 경위는 그랬다. 나에게 탄생의 순간이란 일종의 충격 같은 것이면서 관객을 동요시키는 잔혹한 연극이었다. 나는 머리가 떨어져나갈 정도로 압박을 느끼며 억지로 끌려나와 반쯤 죽어 있는 상태였기 때문에 살아가려는 의지를 표현하는 울음소리를 낼 여유가 없었다.

아버지, 샐러리맨, 29세.

어머니, 전 백화점 종업원, 25세.

수입을 가로축으로 하고 인구 비율을 세로축으로 하여 그래프를 그리면, 우리 집은 다수파에 속한다. 가로축에 지지정당, 취미, 오락, 학력을 적용하더라도 대충 그래프의 기둥이 가장 높은 곳에 속한다. 판에 찍은 듯 평범한 가정이었다. 나는 빈곤의 행복도 유복함의 불행도 맛보지 않았고, 출생에 대해 은폐할 만한 사실은 앞에서 말한 것들을 제외하면 날조하지 않는 한 아무것도 없다. 나는 단 한 치의 오차도 없이 일본이라는 나라의 평균적인 가정의 장남이었다. 때는 바야흐로 일본이 그런 평균적인 일본인을 중산층으로 상승시킨다는 소득배증 계획이란 괴상한 사기를 치기 시작한 시기였다.

모두 부자가 되고 싶으면 일하라! 일하라! 불평하는 자는 민주주의적 시범 케이스로 처벌할 것이다. 더럽고 고장 난 장난감은 버려라. 도로와 빌딩을 세워줄 테니 그 속에 새로운 장난감을 가득 채워라.

닷새 동안 병원에서 지낸 후, 나는 4평짜리 단칸방에 달랑 부엌만 하나 딸린 집으로 옮겨졌다. 집 주위는 롤러스케이트장이었고, 도로에는 자동차들이 신나게 달리고 있었다. 이웃에는 똑같이 생긴 납작한 집들이 숨을 죽이고 쭈그리고 있었다. 근처에는 공원과 중학교가 있었고, 걸어서 20분 정도의 거리에 어머니의 부모와 남동생, 여동생이 옹기종기 모여 살고 있었다.

조부모에게는 내가 첫 손자였고, 젊은 숙부와 숙모에게는 귀한 애완동물이었기에, 그들은 나를 달래고 어르는 것을 일과로 삼았다. 내가 얼굴을 가리지 않는다는 것을 빌미로 이 미묘한 장난감을 빌리러 오는 이웃 사람들도 적지 않았다.

"카즈히도 짱, 깨어 있니?"

친척이나 이웃 사람이 슬리퍼를 질질 끌면서 찾아오면, 어머니는, "방금 우유를 먹고 잠들었어요." 하고 대답한다.

"그럼 다음에 또 올게."

그 사람이 사라지면, 이번에는 다른 사람이 나타난다.

"카즈히도 한번 안아보자."

그럭저럭하는 사이에 아까 맥없이 물러났던 손님이 다시 나타나, "이제 일어났니?" 하고 나를 안는다.

잠에서 깨어 있을 동안은 줄곧 나를 안는 상대가 바뀌었다. 이런 말이 있는지는 모르겠지만, 나는 '돌림빵 아기'였다(옛날에 돌림빵 기생이라는 게 있었는데, 한 번에 손님을 여럿 받고서 이 방에서 저 방으로 휙휙 날아다녔다고 한다). 나는 여자의 충족되지 못한 모성애를 치유해주는 공짜 창아(娼兒)였다. 대체 얼마나 많은 여자들이(남자도 적지 않았는데) 얼굴 근육을 늘어뜨리고 침을 흘리며 나를 바라보았을까. 나는 그녀들의 피카소적으로 추하게 일그러진 멍청한 얼굴을 볼 때마다 그만 활짝 웃어버리고 말았던 것이다.

이런 식으로 두 살까지 잘 팔리다 보니 안기는 것이 습관이 되어버렸다. 나보다 몸집이 큰 사람, 속되게 말해 어른이라면 누구라도 나를 안아주는 것이라 생각했고, 모든 사람이 나의 일거수일투족을 주목하고 있다고 믿게 되었다.

펭귄 정도로 걸을 수 있게 되면서 내게도 안는 사람을 선택하는 심미안이 생겨났다. 이웃에 사는 근시안에다가 냄비에 눌어붙은 된장 찌꺼기 같은 여학생이 나를 안으려고 손을 내밀면, 나는 벽에 부닥친 고무공처럼 몸을 뒤로 뺐다.

"얘는 사치스런 취미를 가졌어."

그녀는 억울한 듯 미간을 찌푸리며 그렇게 말했다.

세 살이 되기 전에 벌써 나는 울지도 않고 얼굴도 가리지 않고 얌전하기만 하던 아기를 그만두었다. 어떤 사건이 직접적인 계기가 되었다.

일주일 정도 어머니가 어디로 가버리는 통에 숙모가 어머니를 대신한 적이 있었다. 뭔가 이상하다는 생각을 하고 있던 어느 날, 기묘한 소리를 내면서 때때로 움직이기도 하는 이상한 물체 하나가 방바닥에서 뒹굴고 있는 것을 발견했다. 게다가 그 물건은 나처럼 팔다리와 얼굴을 가지고 있는 게 아닌가. 어머니는 그것을 품에 안고 어르기도 하고 젖을 주기도 했다. 어머니가 배신한 것인가, 동생이 나를 대신하게 된 것인가, 아니면 내가 두 개로 분화한 것인가.

동생은 나에게 존재의 위기를 느끼게 한 최초의 죄인이었다. 나는 울고 또 울었다. 달래려는 어머니의 손을 뿌리치고 나는 숙모에게로 달려갔다.

동생이 나를 대신하여 애완동물이 되었다. 그러나 그는 얼굴을 심하게 가리는 뺏성쟁이로, 때와 장소를 가리지 않고 울어대는 소음 머신이었다. 그 이물질은 나의 외부에 있으면서, 나 혼자 독점해야 마땅할 혜택을 훔쳐갔다. 내가 본래의 나를 회복하기 위해서는 그 이물질로 둔갑하지 않으면 안 되었다. 같은 바나나라도 다른 사람 것이 커 보이는 보통의 어린아이였던 그때의 나는, 나를 잘 우는 동생으로 변신시켜버렸다. 동생은 나에게 처세술을 가르쳐준 최초의 선생이었다.

내가 네 살이 되던 해, 아버지는 도쿄와는 언어도 민족도 풍습도 다른 지방도시의 지사로 좌천되어, 우리 가족은 수도를 잃고 말았다. 거기서 나는 지금까지 이웃에서 볼 수 없었던 같은 연배의 어린아이들을 만났다. 어린아이라고는 나밖에 없는 줄 알고 있다가 유치원이란 곳에 감금되어 백 명도 넘는 난폭하고 교활하며 미개한 어린이 사회에서 스스로 생활권을 확보하지 않으면 안 되는 신세가 되었다. 그때, 제2의 존재론적 위기가 나를 덮쳤다. 나는 그림을 그리기도 하고 소꿉장난도 하며, 또 싸움질도 하는 그 장소에서 나와 똑같은 그림을 그리고 똑같은 소꿉장난을 하고, 나와 똑같이 싸움에 약하고 나와 똑같은 얼굴을 한 나의 복제품들을 발견했다. 그 복제품은 내 흉내를 냈다. 내가 그네를 타려고 하면 복제품도 같은 것을 생각했다. 그러면 그네 쟁탈전이 벌어진다. 나는 항상 복제품에게 그네를 가로채이고 말았다. 손가락을 입에 물고 원망스럽게 쳐다보는 멍청이 같은 나. 이럴 리가 없다고 너무도 심한 불만 때문에 무릎을 달달 떠는 나. 나는 보모에게 귀여움 받는 아이가 되고 싶었지만 자신을 어필하는 데 나보다 더 뛰어난 솜씨를 가진 다른 원생의 들러리 역할밖에 할 수 없었다. 나는 분명히 주인공이고 왕자인데.

 나는 왕자답게 행동하기 위해 백 명이나 되는 원생들

의 흉내를 내지 않으면 안 되었다. 나와 동생을 바꾼 것처럼. 그것은 너무도 귀찮은 일이기도 했고, 또 반드시 성공적이지도 않았다.

미개사회는 강한가 약한가, 잘하느냐 못하느냐가 모든 것을 결정하는 판단 기준이었다. 그리고 그 양극단에 있는 자가 왕자였다. 그러니 평균치에 지나지 않는 나는 아무리 굽고 삶아도 별 볼일 없는 존재일 수밖에. 권세를 부리지도 않지만, 놀림감이 되지도 않는다. 어디서나 볼 수 있는 평범한 존재이니 왕자가 될 수도 없다. 나의 복제품들은 빗나간 로또만큼 많았다. 이놈도 저놈도 하나같이 왕자가 되고 싶어했다.

왕자가 되고자 하는 나의 노력은 동화나 텔레비전의 애니메이션 프로그램과 깊은 관계를 맺게 되었다. 집에 틀어박혀 제멋에 겨워 사는 왕자가 될 수밖에 없었던 것이다.

이제 나와 내 이름의 만남에 대해 이야기해야 할 것 같다. 나는 일본에서는 매우 희귀한 성을 가진 사람이다. 이 불구에 가까운 성의 발견은 거의 콜롬부스적인 발견이라 할 것이다. 나는 기구한 운명을 위조할 수 있는 권리를 획득하고, 위조 기술을 연마하게 되었다.

아쿠마 카즈히도(亞久間 一人 : 아쿠마는 악마惡魔와 같은 발음 — 역자), 지금까지 안주할 수 없었고, 안주할 생각도 없게 만든 성이다. 선천적으로 이런 성을 짊어진 아이는 꼬리를 달고 태어난 아이와 별 다를 바 없다. '사지만 멀쩡하면 돼.'라는 것이 출산을 맞이한 부부의 한결같은 바람인데, 나의 부모도 어느 시기에 그런 말을 써먹었을것이다. 그러나 나는 '멀쩡한 사지 + α로 태어났다. 그 '+ α' 때문에 나는 얼마나 자의식이 넘치는 소년으로 자랐는지 모른다. 그것은 대하소설의 주제가 되고도 남는다.

내가 문자를 모를 동안은 평온무사했다. 나는 단지 아쿠마 카즈히도라는 음성에 지나지 않았기 때문이다. 이름 부르는 소리만 들리면 부모나 이웃에 사는 형이나 누나에게 재롱을 부리며 달려갔으니 강아지와 별로 다르지 않았다. 나의 이름이 어떤 의미를 띠면서 남의 놀림감이 되기 시작한 것은 초등학교에 들어가면서부터였다. 어디에서나 볼 수 있는 지극히 평범한 초등학교 1학년이었던 나는 내 손으로 '아쿠마 一人'라는 이름을 썼다. 상형문자 내지는 미로의 그림을 방불케 하는 여섯 살 어린아이의 손으로 씌어진 '악마(惡魔)'와 얼렁뚱땅 해치운 도

로공사를 연상케 하는 세 개의 선으로 구성된 '카즈히도
(一人)' 라는 '고독'의 결합은 어린 나에게도 막연한 공포
를 줄 정도였다. 나는 학교에서 '아쿠마', 또는 '아쿠마
군'으로 불렸다. 정확히 말하자면 '쿠'에 악센트를 두어
야 하는데, 다들 재미있어 하면서 '아'에 악센트를 두었
다. 따라서 나는 '아쿠마(亞久間)'가 아닌 '악마(惡魔)'가
되었다.

"나는 왜 아쿠마 카즈히도야?"

여섯 살 소년은 그의 어머니에게 물었다.

"카즈히도는 이 세상에 단 한 사람밖에 없기 때문이
야."

그것이 그녀의 대답이었다. 같은 질문을 아버지에게
해보았더니 반 협박조의 대답이 돌아왔다.

"아빠와 엄마가 없어도, 세상 모든 사람이 사라져도
혼자서 살아갈 수 있는 강한 어린이가 되었으면 해서 지
은 이름이란다."

"애들이 아쿠마는 세계를 파괴하는 나쁜 놈이라고 하
던데?"

"다른 사람 말에 신경 쓰지 마. 카즈히도는 혼자서 악
마와 대결하는 용감한 사람이 되면 좋잖아."

어머니는 침대 위에서 "응, 응." 하고 동의를 표했다. 그녀가 나를 '배설'한 순간부터, 아니 그 이전부터 나의 성격은 결정되어 있었고, 우연히도 아버지의 성이 나의 성격을 은유하게 된 것이라고 생각하기로 했다. 혼자서 악마*와 대결하는 용감한 사나이, 어린이의 나르시시즘을 자극하는 상투적인 말이었지만, 나는 오히려 '단 하나의 악마'라는 해석을 더 동경하는 편이었다. 그러나 교실에서 통용되는 소유주를 고려하지 않는 성의 폭주가 내 마음속에 거대한 바퀴와도 같은 강박관념의 꽃을 피웠다. 어린아이를 달래기 위한 그 해석에 그냥 '그렇지, 좋은데.' 하고 고개를 끄덕일 만큼 아쿠마 카즈히도는 솔직하지 않았다.

"그럼 출석을 부르겠어요. 아쿠마 카즈히도."

일본어의 모음 순서에 따라 출석부의 맨 처음에는 항상 악마가 진을 치고 있었다. 나는 가능한 한 눈에 띄지 않게 주의하면서 대답했다. 그러나 불구의 성은 반드시 교실에 웃음을 선사했다. 성의 소유자를 고려하지 않고 제멋대로 연극을 해대는 것이다. 나는 무얼 하더라도 은밀하게 남의 눈을 피해서 하지 않으면 안 되었다. '악마가 물을 마셨다.', '악마가 코를 풀었다.'라는 식으로 만

담의 소재가 되기 때문이었다.

그래서 나는 나의 이름을 해독하는 취미를 가지게 된 것이다.

아사마 카즈히도(淺間和仁), 아리마 카즈히도(有馬加壽人), 이쿠마 카즈히도(生間數比等)…….

이런 이름을 발명하고서는, 몰락귀족의 후예나 상인, 기하학자로 변신해버리고자 했다. 즉, 아쿠마 카즈히도를 죽이려 한 것이다.

S. 카르마 씨, 나는 당신의 동료다. 당신은 이름을 잃어 버렸기 때문에 이 세상에서 자신이 무엇을 하고 있는지를 아는 몽유병자가 되어버렸지만, 나는 이름에 협박당하고 무고한 죄를 범한 멍청이 꼬마가 되어버린 것이다.

그런데, 나는 '나는 누구?'와 같은 존재 이유에 대한 물음을 초등학교 3학년쯤에 그만두고 말았다. 나는 나였던 적이 없었다. 늘 타인으로 존재했다. 이름은 물론, 손이나 발, 혀와 목소리도, 다른 사람의 것이었다. 그런 것들이 일시적으로라도 나의 것이라고 느끼려면 병에 걸리든지, 상처를 입든지, 제트코스트에 타든지, 어쨌든 평범하지 않은 경우에 처하지 않으면 안 되었다. 즉 떨어진 로또가 당첨된 로또로 바뀌기 위해서는 무지막지한 일을 아무렇지도 않게 슥삭 해치워야 하는 것이다. 당연히 나의 취미는 자신의 몸을 고통스럽게 하기도 하고, 변질시키기도 하고, 또 성격이라는 진흙을 이렇게 저렇게 반죽을 하여 변형시켜보기도 하고, 두 개로 자르기도 하는 도착증으로 달려가야만 할 의무를 짊어지게 되었다.

나는 재기발랄한 초등학생이 되지는 못했다.

초등학교에 입학한 이래로 나는 나의 몸에 흥미를 가졌다. 새끼 손가락만 한 고추를 성기로 성장시키기 위하여 집에서도 교실에서도 쉬지 않고 주물럭거렸다. '요술공주 사리'를 보면서 고추를 사리 양이 가끔씩 사용하는 지팡이처럼 이리저리 돌리고 있으면 어머니가 이렇게 말했다.

"그걸 자꾸 만지면 안 돼요."

"왜 안 되는 거야?"

"커지니까 그렇지."

"왜 커지는데?"

"어쨌든, 그만둬요. 아빠에게 이를 거야!"

"만지면 진짜로 커지는 거야? 아빠 것처럼 커지면 좋을 텐데."

어머니는 나의 팔을 잡고 목욕탕으로 연행했다.

"손 씻어요. 이봐? 고추는 손으로 만지는 게 아니에요. 어른이 되면 만지세요. 카즈히도는 아직 어리니까, 고추만 커다랗게 되면 곤란해요."

나는 그 자리에서는 어머니 말을 들었다.

어머니의 방해에 대한 반동인지, 나는 교실에서 고추를 남에게 보여주었다. 아침, 선생님이 들어오기 전에 교단에 올라서서 고추를 열어 보이면서 이렇게 말했다.

"이 고추 흘린 사람 누구지? 자기 것이 붙어 있는지 살펴봐주세요. 없는 사람에게 줄게요."

악마의 고추에 대한 소문은 다른 반으로도 퍼져나가 출장 흥행할 때도 있었다. 나는 도덕 시간에 어떤 여학생의 고자질 때문에 선생님께 꾸중을 들었다.

"몸에 좋지 않으니까, 이제 그만두는 거예요."

그런 미신을 믿기로 하고서도, 나는 여전히 고추를 장난감으로 삼았다. 언젠가부터 나에게 연구심이 싹트고 있었다. 고추가 팽창하는 것을 관찰하고부터 발기 때의 오줌싸기 연구, 형태나 색깔의 변화를 관찰하는 데 열중했다. 초등학교 2학년 여름방학에 고추 연구를 하려고 했지만, 부모님의 반대에 부딪쳐 뜻을 이루지 못했다.

나도 모르게 고추란 놈은 남의 물건처럼 다루어야 한다는 생각을 가지게 되었다. 고추 껍질을 뒤로 젖혀보거나, 껍질 앞을 손가락으로 쥐고 오줌을 일단 껍질 속에 모아보기도 하면서 짜릿한 통증과 고추 모양이 바뀌는 것을 즐겼다. 좀 색다른 고추로 단련시켜보려고 은밀하게 거리를 굴리고 있었다.

　고추에 질리게 되면서 나는 푸른 엉덩이에 흥미를 느끼게 되었다. 왜 어른의 엉덩이는 푸르지 않은가? 왜 엉덩이가 푸르면 놀림을 받는가?

　외갓집 식구들이 다 모였을 때, 나는 화장실로 들어가다가 이전에 임시 어머니 역을 했던 숙모에게 나의 푸른 엉덩이를 들키고 말았다.

　"아 — 하, 카즈, 아직 파랗네. 유치원 때랑 똑같네. 푸른 엉덩이의 울트라맨. 카즈 멋쟁이."

　나는 나의 의지와 아무 관계도 없이 맛보아야 하는 수치심을 견딜 수 없었다. 그래서 푸른 엉덩이를 빨갛게 하려면 어떻게 해야 할 것인가를 생각하기 시작했다.

　나는 그날, 숙모의 다리를 보고 팬티스타킹을 신으면 다리 색깔이 바뀐다는 것을 발견하고, 재빨리 시도해보았다. 옷장 서랍에서 어머니의 팬티스타킹, 그것도 짙은 갈색을 끄집어내어 발가벗고 그것을 신었다. 허리 밴드를 어깨까지 끌어올리고, 빨래집게로 고정시킨 후, 어때 멋지지 하면서 고뇌하는 하얀 타이츠의 발레리나를 방불케 하는 모습으로 숙모 앞에 장승처럼 우뚝 섰다.

"어앗, 보기 싫어, 언제 변신했지!"

나는 방을 빙글빙글 돌았다. 어중간한 수치보다는 확실한 수치가 훨씬 더 상쾌하다는 것을, 이때 배웠다. 수치심에 자신의 의지가 들어 있으면 때로는 영광으로 전환될 수 있는 것이다.

3학년 때, 누드 사진을 모으는 취미를 가졌다. 종이 쓰레기로 버리는 것이 아까웠던지 옷장 서랍 깊숙한 곳에는 아버지가 읽는 주간지가 잠자고 있었다. 나는 그것을 한 권씩 손에 넣어서는, 마음에 드는 여자를 찢어서 기타의 동그란 구멍 속에 감추어두었다. 가끔씩 제비를 뽑는 요령으로 기타 통 속에 손을 집어넣고 발가벗은 여자를 꺼내 말을 걸었다.

"너에게 똥을 발라도 괜찮겠니?"

"응, 괜찮아. 오줌도 마시게 해줘."

이렇게 일인극을 했던 것이다. 나는 기타 속의 여자들을 전원 내 방에 모아서 프로레슬링 대회를 열기로 작정

했다. 그것은 먼 미래의 주지육림에 대한 욕망으로 성장할 것이 뻔했다. 또, 여자들을 찢어서 그림 맞추기를 한다든지, 남자 얼굴로 바꾸어보든지 하는 행위는 나의 건강한 성욕의 보육원이었다.

초등학교 때는 그룹 학습이라는 것이 있었다. 여섯 명씩 그룹을 만들어, 차례대로 자기 집에 모여 숙제를 하는 것이다. 주에 한 번꼴로 모였는데, 당연히 나의 집이 회합장소가 되는 일도 있었다. 이때, 반장이었던 여자아이가 기타 구멍에 손을…….

"앗, 아쿠마, 징그러워. 여자 나체가 왜 이리 많아."

나는 변명도 하지 않았고, 기타를 끌어안고 도망가는 시늉도 하지 않았다. 나는 씽긋 웃으면서 희열을 씹고 있었다. 반장의 손이 기타 구멍이 아니라, 나의 팬티 속으로 침입해 들어온 듯한 기분이었기 때문이다. 나는 이때, 처음으로 고추와 여자 몸의 관계를 깨달았다.

그해, 우리 가족은 변경 도시를 떠나 도쿄로 돌아왔다. 본사 전근 발령이 떨어졌을 때 부모의 표정을 아직도 기억하고 있다. 양손이 뒤로 묶인 주인공이 유리 조각으로 묶인 밧줄을 조금씩 잘라서 마침내 자기 손으로 밧줄을

끊고 말았을 때의 감격이라고나 할까…… 어쨌든 그날은
외식을 했다.

5년간 생활했던 거리에 대해 한 마디 해두자.

꺼져버려!

도쿄로 돌아온 우리 가족은 경륜장까지 걸어서 10분
정도 되는 곳에 살았다. 이 거리는 레이스가 있는 날과
없는 날의 모습이 심하게 다른 두 가지 얼굴을 하고 있었
다. 어머니는 자주 말했다.

"경륜이 있는 날은 쇼핑하러 가기가 힘들어. 왠지 동
네 전부가 음침해지는 것 같애."

나도 동감이다. 경륜신문에 빨간 색연필로 선을 그어
가면서 알코올에 절은 검붉은 얼굴들과 아무렇게나 자란
턱수염의 누런 얼굴들이 열을 지어 행진했다. 상점가에
사기를 잃은 군대가 나타난 듯했다. 몸에 걸친 옷은 척
보아도 값싼 군복이란 것을 알 수 있었다. 화려한 색깔로
디자인된 것이 대부분이지만, 너무 커서 헐렁하거나 구
김살투성이거나, 계절에 맞지 않거나 때가 많이 묻은 것
들이었다.

나는 때로 그 대열에 들어가 놀았다. 레이스가 끝나면
이긴 패와 진 패로 나뉘어져, 전자는 음식점에서 기분 좋

게 마셨고, 후자는 백 엔짜리 병술을 마셨다. 나는 당연히 진 쪽을 좋아했다. 명랑한 사람들의 단순함보다는, 그들을 곁눈으로 살피면서 뭐라고 중얼거리며 음울한 분위기를 풍기는 수상쩍은 사람들이 더 매력적으로 보였다. 기분 좋게 마실 수도 없고, 울분을 풀기에는 돈이 부족하여 어중간하게 마시면서 한층 더 어수선해하는 패거리들에게 어떤 종류의 숭고함을 느꼈다. 나는 작은 행복보다는 추락할 대로 추락한 불행 쪽이 더 화려하다는 신념을 가지고 있었다. 다른 사람과 비슷한 행복 같은 건 개에게나 던져주라고.

나는 술집 뒤의 담벼락에 쭈그리고 앉아 병술을 마시는 패거리들에 섞여 주스를 마신 적도 있다. 그들에게 오백 엔짜리 지폐를 받아 들고 포장마차에 가서 닭꼬치를 사다주기도 했다. 나는 그들과 함께 닭꼬치를 먹으면서 문득 가족과 함께 노상생활을 하는 정경을 몽상했다. 거기에서 목숨을 건 생활을 해낼 수 있다면, 평균적인 가정생활보다 귀족적이지 않은가.

초등학교 4학년 때, 나는 상업극단에 들어갔다. 어머니가 스테이지 마마 지원자였기 때문이기도 했지만, 나 자신도 아쿠마 카즈히도를 그런 거짓 세계로 쫓아내고

싶었다. 발성연습부터 연극체조까지 일련의 메뉴를 해
치웠다.

아동부 발표회에서는 비교적 대사가 많은 역을 맡았
다. 공연작품은 〈왕자와 거지〉로 배역과 대사를 부풀려
각색한 대본이 학생들에게 주어졌다. 나의 역할은 왕자
의 보육담당으로, 흰 가발에 염소수염을 달고 등장했다.

"왕자님, 그런 저열한 말을 누구에게 배웠어요?"

"왕자님, 손으로 음식을 드시면 안 됩니다. 벌써 포크
사용법을 잊으셨습니까?"

"왠지 이전과는 달라 보여요. 혹시 당신은……."

그런 대사를 읊으면서 왕자로 변장한 거지의 정체를
폭로하게 되어 있었다.

리허설에서는 이 역을 무난히 해냈지만, 매주 같은 말
을 반복하는 사이에 무슨 마가 낀 것처럼 내 역에 질리고
말았다.

주로 학부형들이 보는 앞에서 — 그 가운데는 스카우
트맨도 있는 것 같았다 — 공연이 시작되었다. 왕자도 거
지도 능숙했다. 내 연기는 그저 평범했지만, 실수 없는
견실성이 돋보였다. 극은 각 배역들의 명연기로 순조롭
게 진행되었다. 그리고 클라이맥스…….

거지왕자 : 할아범, 사실은 말이야…… 난, 거지야. 내 얼굴이 왕자님과 너무 똑같아서 왕자님이 나와 바꾼 거야. 나, 이런 지겨운 생활은 이제는 죽어도 싫어. 지금 왕자님은 배가 고파 성으로 돌아오고 싶어할 거야.

보육담당 : 역시, 그랬어. 이것 참 큰일 났군.

(그렇게 말하면서 보육담당은 바쁘게 무대를 뛰어다니고, 몸을 벌벌 떤다. 그리고, 무대에서 물러난다)

대본에는 그렇게 되어 있었다. 그러나, 나는 즉흥적으로 배역에게 지시하는 글을 상상으로 적어놓고는 다시 무대에 등장했다.

보육담당 : 네가 왕자를 하기 싫다면, 내가 대신 왕자를 할 테다.

연극은 전혀 예상하지 못한 방향으로 급전환되었다. 관객석에서는 물에 젖은 폭죽같이 칙칙한 웃음이 터져나왔다. 그 웃음은 나만을 위한 것이었다.

나는 거지왕자의 옷을 벗기려 했다. 거지왕자는 저항한다. 연기하고 있는 것은 나 혼자뿐, 상대는 정신을 차리고, '아쿠마, 그만둬, 바보.'라고 외쳐댔다. 그때 머리 끝까지 피가 오른 거지 차림을 한 진짜 왕자가 무대로 나와 두 사람의 격투를 말리려 했다.

부끄러운 듯이 막이 내렸다. 관객석은 웃음으로 가득했다. 아니, 관객석 그 자체가 폭소를 터뜨리고 있었다. 나는 극단의 '조교'에게 귀를 잡힌 채 대기실로 연행되어 호되게 야단을 맞았다.

"다른 사람들에게 피해를 입히다니."

'조교'의 훈시의 핵심은 그러했다. 나는 귀찮아져서 울음을 터뜨렸다. 이때부터 나는 어린이의 무책임성을 전략으로 사용하는 기술을 터득했다.

울면 뱃길에 등대불이 비치네
눈물은 여자만의 무기가 아니라네

그 후로는 극단에 붙어 있기가 힘들어졌다. 출세가 절망적이라는 것 정도는 나도 알 수 있었다. '조교'의 태도는 차가워졌고, 친구들은 나를 상대해주지도 않았고…….
결국, 텔레비전 드라마의 단역은 고사하고, 광고에 엑스트라로도 기용되지 못한 채 스스로 극단에서 물러났다.

어머니는 이미 지불한 비싼 입단금이 아까워서, 나 대신 몇 번 극단을 더 오갔다.

나는 극단에서도 악마가 되어버렸다. 재능이 너무 있어서였을 것이다. 단언하건대, 나는 자신을 과시하기 위해 연기를 한 것이 아니라, 역을 하는 자신을 비평한 것이다. 물론, 처음부터 그렇게 할 생각은 아니었다. 단지, 연기하는 자신이 다른 애들과 같은 형식의 틀에 갇혀 있다는 것을 느낀 순간, 아쿠마 카즈히도는 나를 위해 새로운 연기법을 개발해냈다.

소년 시절, 적어도 열두 살까지의 나는 연기자 근성 — 맡은 대로 역을 할 수 없는 연기자 근성이라고 하면 될지 — 을 가지고 있었던 것 같다. 이것도 선천적으로 나에게 붙어 있는 꼬리 같은 것이다.

나는 단 한 번의 무대에서 하나의 역조차 만족스럽게 해내지 못했지만, 동시에 두 가지 이상의 역이라면 잘해낼 수 있을 것이다. 나는 이미 결정된 결과를 즐기기 위해 기다리는 관객이 싫었다. 어떻게 해서든 그들을 배반하지 않으면 마음이 편하지 않았다. 제멋대로 사람의 성격을 판단하지 말기 바란다. 함께 감동을 맛본다니……? 감동은 독점하는 것이 아닌가. 그것이야말로 예술가의 천성이 아닌가.

때로, 싱긋이 웃는 비닐 실을 얼굴에 달고 다니던 어쩐지 수상쩍은 자의식 과잉의 소년은 독서에 열중하게 되었다. 열한 살이 된 그는 각박한 세상의 바람이 자기에게 불어오기 시작한 것을 의식하고, 안전한 취미를 가지게 되었다. 그러나 안전한 것을 위험하게 만들어버리는 취미는 변하지 않았다.

아마노자크(일본의 옛날이야기에 나오는 심술궂은 인물로 늘 신과 인간의 뜻을 거역하는 삐딱한 행동을 한다. — 역자)는 교훈적인 이야기를 하나도 남김없이 파괴해버리는 재능을 가지고 있다. 그에게는 부조리나 황당무계만이 받아들일 수 있는 유일한 모럴이었다. 그런 나는 SF적인 것을 좋아했다. 과학기술의 소스를 충분히 쳐두면서도, 실은 과학기술에 대한 패러디이며, 맛있어 보이지만 사람을 골탕먹이는 것, 즉 진흙 요리라는 것이 기분 좋았다. 얼핏 보아 맛있어 보이는 SF는 읽다가 도중에 그만두었다. 그런 것에 지루함을 느끼지 않을 정도로 나는 위선적이지 못했다.

그런 내가 성서를 하나 발견했다. 『타인의 심장』이라

는, 어린이용으로 씌었지만, 도발적인 소설이다.

어떤 유명한 과학자가 심장발작으로 죽었다. 완성단계에 들어간 연구를 속행시키기 위해 어떤 수를 써서라도 다시 살려내지 않으면 정부는 곤란에 빠지게 된다. 그래서 천재 외과의사의 손을 빌려, 박사의 머리를 시합 중에 매트에 넘겨져 죽은 복서의 몸에 이식하게 된다는 이야기다. 물론, 나는 자신의 머리가 타인의 육체에 옮겨심어지는 것을 공상하면서 읽었다. 가능하다면 싸움을 잘하는 몸이 좋을 텐데, 풍만한 젊은 여자 몸에 이식되면 좋을 텐데……, 라는 공상을 하면서. 그리고, 이 소설에는 멋들어진 부분이 있다.

수술이 성공하여 건강한 육체를 가지고 되살아난 박사는, 연구에 몰두하느라 잃어버린 청춘을 되찾게 되어 미친 듯이 기뻐한다. 그는 연구소의 젊은 미인 조수와 사랑에 빠져 젊은이들과 어울려 광란의 파티를 벌이는데, 그러는 사이에 육체가 원래 주인이었던 복서의 투쟁본능을 기억해낸다. 박사는 연구를 그만두고 복싱 도장을 다니기 시작한다. 박사의 연구 결과를 기다리던 정부는 입장이 곤란해지고 말았다. 그래서 정부는 박사의 머리를 다른 노인의 육체에 이식하도록 명령하게 되는데, 정부의 그런 음모를 알아챈 박사는 조수와 손에 손을 마주잡고 연구소를 도망쳐 나간다. 날이 갈수록 박사의 머리카락은 검게 변하고, 주름도 줄어들고, 민첩해졌다. 이윽고 박사는 복싱 챔피언이 되어 조수와 결혼하여 행복하게 살게 된다.

이 해피엔딩이 나의 유일한 불만이었지만, 노 박사가 복서로 변신해가는 과정의 묘사에는 감탄하지 않을 수 없었다. 노 박사에게는 방정식을 이끌어내는 두뇌보다는 강렬한 펀치를 날릴 수 있는 육체가 더 소중했던 것이다.

나는 이 성서로부터 계시를 받았다. 결핵이나 암 환자의 육체에 자신의 머리가 이식되어 불치의 병에 고통받아본다거나, 〈우게츠(雨月) 이야기〉에 등장하는 빈사상태의 고승은 아니지만, 잉어나 돌고래의 몸을 하반신에 이식하고 인어가 되어 호수나 바다를 헤엄쳐 다니는 모습을 공상했다. 또 학교에서 소풍을 간 날, 나는 이런 일을 당한 적이 있다.

숲 속의 공원에 있는 연못가에서 기념사진을 찍는다고 해서, 반 아이들이 3열로 늘어섰다. 중앙에 담임 여선생님, 나는 왼쪽 끝에 퉁명스런 표정으로 서 있었다. 카메라맨이 "앞에 학생, 조금 당겨."라고 외치는데 갑자기 목이 너무 가려웠다. 피부 표면이 아니라 목의 관절을 모기에게 물린 듯한 가려움이었다. 내가 목을 돌리고 있는 사이에 셔터가 내려졌다.

"드 한 장 찍습니다."

카메라맨이 외쳤다.

"잠깐만요, 잠시 기다려주세요."

나도 외치면서 손날로 목을 치기도 하고, 양손을 턱과 목 뒤에 갖다 대고 돌리기도 했다. 그러자 관절에서 삐거덕하는 둔탁한 소리가 나더니, 손을 떼자마자 머리가 힘없이 떨어지면서 코가 가슴에 닿았다. 나는 급히 머리를 본래 자리로 돌리려고 했지만 달가닥, 하는 소리와 함께 목뼈가 어긋나고 말았다.

"자, 웃어요, 셔터 누릅니다."

나는 어쩔 수 없이 머리를 가슴에 댄 채 얼굴을 정면으로 향했다. 내 얼굴은 나의 겨드랑이 근처에서 치즈, 하고 웃었다.

반 아이들 중에 가장 다혈질인 나카가미라는 사내 ― 미래에 흉악 범죄 아니면 혁명 소동을 일으킬 걸로 내가 예상하고 있던 ― 가 나의 이상을 알아채고, "어이, 너 참 재미있는 걸 하고 있네." 하고 말했다. 나는 위험을 느끼고 도망가려 했지만, 이미 때는 늦었다. 그는 나의 머리를 팔 언저리에서 억지로 잡아당겼다. 나의 머리는 외쳤다.

"아얏, 손가락이 눈을 찔렀잖아. 그만둬."

나카가미는 내 머리를 럭비 볼처럼 안고 뛰더니 급우에게 패스까지 하면서 껠껠 웃었다.

내 몸은 자신의 머리가 어디 가버렸는지 모른 채, 봉사가 되어 달렸다.

"여기다, 여기. 틀렸어, 그쪽이 아니라니까. 더 오른쪽으로, 뒤로…… 욱욱."

누군가 내 입을 막고 있다.

눈이 없는 내 몸은 아무렇게나 달리기만 할 뿐, 내 머리가 외치는 소리도 들을 수 없다. 마침내 돌부리에 걸려 넘어지고 말았다.

내 머리는 땅바닥에 굴렀고, 이리저리 패스되었다. 땅바닥에 넘어졌을 때는 흙이 들어가지 않도록 눈과 입을 꼭 다물었다. 패스되어 공중을 떠다닐 때는 추락하는 비행기의 조종사가 되었다. 그리고 누군가가 나의 머리를 받을 때마다 손바닥으로 철썩 한 대 맞는 것이다.

"어이, 빨리 원위치시켜줘."

내 머리는 공허하게 외친다. 내 몸은 가서는 안 될 방향으로 달려가, 여자아이들이 둥글게 앉아 이야기를 나누는 곳으로 몸을 던졌다. 내 몸은 은밀하게 호감을 가지고 있던 시바다 에미코 양에게 엉겨붙어, 그녀를 넘어뜨리는 꼴이 되고 말았다. 그것을 본 나카가미는 내 머리를 에미코 양의 스커트 속으로 굴려 넣었다. 캄캄해서 아무것도 보이지 않는다. 소리만 들린다. 그리고 무언가 짭짤한 것이 나의 입속으로 들어왔다.

그날은 여자아이의 초조에 필적하는 기념할 만한 날이었다. 초조의 경우, 오곡밥을 해서 축하하는 풍습이 남아 있는데, 나의 첫 몽정은 바로 속옷을 갈아입고 금방 잊혀졌다. 그러나 나는 그 그로테스크하게 아름다운 꿈이 가져다준 엑스터시 덕분에 그날을 기억하고 있다.

이런 자학적인 꿈을 꾸면 누구라도 이빨을 갈 것이다. 그런 분노는 폭발할 장소를 찾아 방황할 수밖에 없으므로 더욱 처리하기가 곤란하다. 나도 베개를 끌어안고 억울해했지만, 곧 분노는 드라이아이스처럼 증발해버렸다. 간단히 말하면 이렇다. 에미코 양에게 안기고, 게다가 스커트 속에 머리를 집어넣을 수 있었던 것은 나라는 존재가 그냥 두 개의 물체에 지나지 않았기 때문이다. 머리와 몸이 분리된 육체적 불구 상태는 사슬에 얽매인 이성을 해방하고, 극적으로 나를 자포자기하게 해준다.

인간이 머리만으로 살다 보면, 모든 것을 논리적으로 정리해버리고, 쾌락도 고통도 모두 상상의 세계에서 맛보게 된다. 마침내 그는 논리의 미로에 빠져들어 미쳐버리고 말 것이다. 인간은 육체라는 피드백 장치가 없으면, 파멸하게 되어 있다. 한편, 육체만으로 살아가면, 인간은 짐승과 다를 바 없다. 보통 사람은 그런 광인과 짐승의 경계를 어슬렁거린다.

이것이 성서로부터 받은 계시라고 한다면 심한 표현이 될까? 그런데 에미코 양, 그대는 지금, 뭘 하고 있지?

『타인의 심장』을 읽은 후로, 또한 그 꿈의 주인공인 동시에 관객이 된 다음부터 나는 잠자는 사이에 머리가 떨어져나갈지도 모른다는 만화적인 강박관념에 시달렸다. 목 부분에만 신경이 쓰여, 수업도 제대로 받지 못했다. 강렬한 상념은 우연을 불러오는 듯, 그 이후로 목에 관련된 사건이 잇달아 발생했다. 당시, 우리 집에서는 개를 키우고 있었다. 암놈인데 혀를 차는 소리와 비슷한 '찌찌'라는 이름을 붙여두고, 온 가족이 귀여워했다.

햇볕이 짱짱하던 여름이 지나고, 태풍이 연달아 일본

을 강타하여 늦더위도 말끔히 가신 초가을의 어느 날이 었다. 찌찌가 네 마리의 새끼를 낳았다. 일주일 사이에 네 다리의 견생(犬生)이 결정되었다. 두 마리는 가져갈 사람이 있었다. 한 마리는 행방불명이 되었다. 그리고 나의 기억에 달라붙어 있는 놈은 나머지 한 마리, 쇠약하여 죽고 만 강아지였다. 바로 흙을 파고 묻어주었으면 좋았으련만 어미가 살기를 내뿜는 바람에 개집에서 집어낼 수가 없었다. 찌찌는 본능적인 노림수가 있었던 것이다. 자신이 낳은 새끼를 먹어버리려는.

피에 젖은 테니스공 같은 강아지의 머리는 가느다란 근육 한 줄기로 간신히 몸과 연결되어 있었다. 나는 엉덩이가 잘려나가는 듯한 오한을 느끼고, 마구 내달렸다.

나는 토마토소스나 카레라이스 속의 감자를 볼 때마다 저 잔혹한 리얼리티를 띤 오브제를 기억해내고는, 손으로 입을 누르지 않으면 안 되었다. 나는 찌찌를 저주하여 밥을 반으로 줄이는 벌을 내렸다.

내 노이로제의 원흉으로 지목된 찌찌로서는 도저히 참을 수 없는 일이었을 것이다. 개의 세계에서는 머리와 몸뚱이가 분리되어도 아무렇지 않다. 개죽음이라는 말 그대로, 개의 죽음은 삶과 똑같은 의미인 것 같다.

새끼를 먹어야만 하는 어미 개의 의무는 혹시 고행이었을지도 모른다. 새끼 개를 먹고 체해서, 검은 침을 질질 흘리던 찌찌의 처참한 모습은 잔혹한 이야기를 한층 돋보이게 했다.

인간의 목에 관련된 사건도 있었다. 미시마 유키오, 그 피에 젖은 목이 신문의 일면을 장식한 것은 마침 그때였다. 새끼 개 머리 정도의 리얼리티는 없었던 만큼, 나는 옛날 도깨비이야기 아니면 하나의 쇼로서 열광했다. 나는 사건이 일어난 날까지 미시마 유키오라는 사람을 조연급 배우라고만 생각했었는데, 사실은 공상과 현실의 경계를 지워버린 영웅적인 사기꾼이었다는 것을 알고 놀랐다.

마룻바닥에 구르고 있는 미시마 유키오의 목은 하나의 웅변이었다. 언어 그 자체인 듯한 목이었다. 그 목은 거의 이해할 수 없는, 의미를 억지로 조작해낼 수도 없는 언어를 귀가 아플 정도로 떠들어대고 있었다. 목은 어른도 아니고 어린이도 아니고, 남자도 아니고 여자도 아니고, 인간도 아니고 물건도 아니었다. 말대가리같이 생긴 그 목은 럭비 볼과 비슷했지만, 역시 무의미한 언어였다. 똥, 자지, 오줌과 같은 그런 유아적인 래디컬리즘을 연상시키는 언어였다. 언어로 몇 개의 댐과 사원을 만든 사나이도 최후에는 피투성이가 되어 '똥' 하고 중얼거릴 수밖에 없었던 모양이다. 그 한없이 음악적인 말은 오르골의 소리처럼 아름답고, 그가 살았던 시대에 던진 저주였다. 그 저주를 받은 아이가 여기 있다.

아쿠마 카즈히도는 이 사회적인 사건이 된 악몽에 황홀해하면서 미시마 유키오의 목이 되고 싶고, 도덕도 이성도 민주주의도 다 똥덩어리로 만들어버리고 싶다는 욕망을 가졌다. 그런데 그때, 미시마 씨의 육체는 어디로 달려가버렸을까. 창자를 덜렁덜렁 흔들면서 주인을 찾아 헤매지 않았을까. ……그 생목 두 개가 나란히 늘어져 있는 사진을 보는 것만으로 SF를 쓸 수 있을 것 같았다.

나는 일본어에 대한 더 깊은 이해력을 가졌을 때를 위해 미시마 유키오의 할복과 문학에 관한 신문기사를 오려내어, 후지 산 정상의 돌과 토끼털로 만든 주먹만 한 코알라 인형과 베트남 동전 등과 함께 빈 과자상자 안에 넣어두었다. 불이라도 나면 우선적으로 들고 도망쳐야 할 보물이었다.

나는 진짜 미시마 유키오의 목이 우에노 박물관에 진열되는 것을 공상하고, 그가 차고 있던 훈도시(남자의 음부를 가리는 폭이 좁고 긴 천. — 역자)가 어디로 팔려갔는지를 알아내려 했다. 그래서 어머니에게 온천 마크가 든 수건으로 두 자 정도의 훈도시를 만들어달라고 했다. 나는 서쪽에서 햇빛이 드는 아이 방에서 훈도시만 한 채, 작은 칼에 타월을 감고, 배를 가르는 게임을 즐겼다. 많은 날은 하루에 세 번…… 이건 사정하지 않는, 어머니에게 들켜도 상관없을 마스터베이션이다.

한 달 동안의 내 일과가 바로 배를 가르는 게임이었다. 어머니가 열한 살에 가까워진 나의 모의자살행위에 성적 도착의 편린을 엿보았는지, '창피해.' 라고 말했던 것을 아직 기억하고 있다. 거기에는 주어가 없었다. 내가 창피한 건지, 어머니가 창피한 건지, 미시마 유키오가 창피한 건지…….

드디어 나는 배 가르기 게임을 거듭하며 박진감 있는 연기를 연구하는 사이에 기어이 배에다 한일자의 옅은 상처를 긋고 말았다. 하나도 안 아팠다. 피가 잔잔하게 레이스 달린 커튼의 무늬처럼 배어나와 훈도시의 온천 마크 언저리에 붉은 물방울무늬를 만들었다. 이 얼마나 참을 수 없는 외설인가. 그만 착각해서 어머니의 팬티를 입었을 때와 같은 수치심 때문에 그냥 어둠 속에 숨어버

리고 싶었다. 훈도시에 배어든 붉은 얼룩…… 나는 사무
라이의 멘스라는 소름끼치는 광경을 연상했다. 죽음과
미를 합성한 완벽한 양식에도 이런 괴이쩍음이 감추어져
있다…… 바로 그 때문에 도취에 빠져 몸부림치며 미쳐
버릴 수 있는 건지도 모른다. 복근에 힘을 넣고, 칼로 한
일자를 그리면서 끝에서 치켜올린다. 아프다기보다는 햇
볕에 탄 피부에다 고춧가루를 비빈 듯이 후끈거린다. 의
식의 클라이맥스에 이르면 장이 튀어나올 것이다. 단식
을 하지 않았다면 똥 냄새가 퍼져나갈 것이다. 아아, 사
무라이의 댄디즘이란 똥으로 얼룩진 미학이었단 말인가.

 ㅁ`시마 유키오는 나의 의식에 달라붙어 피를 빨아 먹
는 거머리였다. 그는 자신의 육체를 보는 사람이 입을 쩍
벌리고 말 정도로 교묘한, 그리고 악취미적인 분재로 변
신해버린 비뚤어진 아귀로서, 그리고 살아 있는 사자로
서, 나를 끊임없이 도발했다.

 내가 해가 거듭할수록 미시마 유키오와의 공생감각을
맛보려고 노력한다는 것을 안 아버지는 '미시마의 우행
에 엉뚱하게 영향받는 것은 교육상 좋지 않다'고 생각한
듯, 나에게 '살아가는 것의 위대함'을 침이 마르도록 설
교했다. 그렇다, 그는 재미없게 살아가는 것을 유일한 낙

으로 삼는 사람 ― 그런 인간이 많은 시대였으니까 ― 의 논리를 전개했다.

'죽는 것은 간단하다. 죽음이 얼마나 무서운 건지는 모르겠지만, 참으면서 열심히 살아가는 것이 더 어려운 일이다.' 라고 아버지는 틀에 박힌 도덕론을 설했다.

나는 대답했다.

"병이나 사고로 죽는 것은 간단하지만, 배를 가른다는 것은 위대한 일이야."

"아내와 자식을 버리고 죽는 것은 비겁하지 않을까?"

"텔레비전을 보니까 미시마 유키오는 자신이 죽어도 가족이 곤란하지 않을 만큼 모아두었다던데."

"부모에게 받은 생명이야. 그렇게 함부로 없애버려도 과연 괜찮을까?"

아버지는 여전히 일반론을 펼쳤다.

"그렇지만, 생명을 소중히 생각하면서도 부모나 가족을 곤란에 빠트리는 놈도 있잖아. 사람을 죽이거나, 도둑질을 하거나……."

아버지는 말문이 막혀 신음소리를 냈다.

"부모는 자식이 살아 있기만 해도, 어떤 어려움도 거의 견뎌낼 수 있어. 너도 부모가 살아 있기만 하면……

그렇지?"

"견딜 수 없을 지경이 되면 부모건 자식이건 죽어버리지 않을까?"

"견딜 수 없더라도 살아야 해. 죽음을 생각하는 자신을 부끄러워해야 마땅해."

"그치만 인간은 언젠가는 죽잖아. 내일 죽기 위해서 필사적으로 오늘을 살아가는 것 아냐?"

"물론, 언젠가는 죽지. 그렇다고 해도 가능한 한 죽음은 연장해야 해. 어떻게 그것을 뒤로 미루느냐를 연구하는 것이 인생이라는 거야."

아버지는 점점 딱딱하게 굳어간다.

"미래로 미룬다고 해서 뭐가 어떻게 돼? 병들어 죽는 건 마찬가질 텐데. 그건 참을 수 없어. 암이나 심장병에 걸리기 위해 살아가는 것과 다를 바 없잖아."

"너 바보로구나. 병에 걸리지 않도록 매일 조심하면 되는 거야."

"그럼 언제 병에 걸릴지 몰라 조마조마해하는 것이 인생이야? 미시마 유키오는 건강했기 때문에 할복을 할 수 있었을 거야."

"그 사람은 정신적으로 비정상이었어. 할복이라니, 시

대착오야. 자위대가 일어설 리가 없어. 그건 호화로운 사기극이야."

"그치만…… 아빠는 할복을 못 하지? 못 하니까 비판하는 거지?"

"못 하는 게 아니고 안 하는 거야. 아빠는 폼 내려고 죽지는 않아."

아버지는 상식에 일일이 의문을 던지는 악질적인 학자를 침묵시킬 만한 효과적인 방법을 찾지 못해 어쩔 줄 몰라 하고 있었다.

"아버지 같은 평범한 샐러리맨이 할복하면 사람들이 웃을 거야."

"멍청이."

아버지는 내 머리에 꿀밤을 먹였다.

"넌 사람의 죽음이 구경거리라고 생각해? 만일 아버지나 어머니 중에 하나라도 죽으면 넌 어쩔 생각이야?"

나는 거기에 대한 대답을 가지고 있었지만 체면을 지키려 있는 힘을 다하고 있는 아버지에게 부조리한 '정의'의 펀치를 먹이는 것은 적절하지 않다고 생각했다. 내가 마련해둔 그 환상적인 대답이란…….

'그치만, 죽을 수 없다면 인생의 즐거움도 없는 거야.'

나는 죄송합니다, 하고 바퀴벌레처럼 내 방으로 도망
쳤다.

　죽으면 안 된다고 하면서
　혼자 이 세상에 남겨두는 것은
　너무 불쌍해
　고뇌하다가 결국 일가족 몽땅 자살

　쳇, 일본에는 이런 바보자식들이 너무 많아. 살건 죽건
모두 사이좋게 한꺼번에 해야 한다는 생각은 어디서 나
오는 거야. 나는 자신의 의지로 죽지 않은 사람을 생각하
면 진짜로 눈물이 나올 것 같아(라고 생각하면서도 말은 하
지 않는다. 바보니까). 그들의 어리석은 행태를 교훈으로
삼아 나는 오리지널 죽음을 만들어내고 싶다. 나는 자신
이 에이즈에 걸리면, 엘리트 샐러리맨에게 달라붙어서
감염을 두려워하는 그들에게 맞아 죽고 싶고, 농담이 아
니라 핵전쟁이 진짜로 일어난다면, 도쿄에 핵폭탄이 떨
어지는 것이 가장 좋다고 길거리에서 외쳐대다가 양식
있는 시민에게 맞아 죽고 싶다. 아버지나 어머니는 자신
이 어떻게 죽을 것인가를 생각하고 있을까. 그냥 살아가
는 것만을 생각하고 있는 것은 아닐까. 결국, 주어진 죽
음을 바보같이 그냥 받아들이는 것은 아닐까. 나는 그런

생각을 하면 부모님이 가여워서 견딜 수 없었다. 나는 사람들과는 완전히 다른 죽음을 선택할 거예요. 미시마 유키오처럼. 그러나, 나는 그와는 다른 방법으로 사자(死者)의 은유가 될 거야.

그것 역시 타인이 만든 현실을 자신의 손으로 변화시켜보고자 하는 욕구의 표현이었다. 아마도…… 아쿠마카즈히도는 내 속의 사자, 그것도 과대망상을 먹고 사는 사자임에 분명했다.

초등학교 6학년 때. 현실을 바꾸려는 나의 야심이 작문에 드러나고 말았다.

선생은 다음과 같은 주제를 주고 학생들에게 작문을 하게 했다.

이솝우화 속에 양치기 이야기가 있습니다. 이것은 거짓말 잘하는 소년이 '늑대다, 늑대다' 하고 두 번이나 마을 사람들을 속였기 때문에 진짜 늑대가 나타났을 때에는 마을 사람들이 상대를 해주지 않아 늑대에게 먹혀버렸다는 이야기입니다. 이 소년의 기분으로 자신이 생각한 것을 써보세요.

참고로 나누어준 늑대소년 이야기가 적힌 프린트를 보

고, 그림에 나온 늑대소년의 얼굴 — 삐딱한 얼굴로 웃고 있는 — 이 어쩐지 나와 닮은 것 같아 그림 밑에 亞久間 一人이라고 적어놓으니 너무 잘 어울리는지라, 작문이 그리 신날 수 없었다. 그리하여 이런 걸작을 창작했다.

나는 늑대에게 잡아먹히는 스릴을 맛보기 위해 '늑대다, 늑대다' 하고 마을 사람에게 거짓말을 하면서 장난을 치고 있었습니다. 그렇지만 별로 재미가 없었습니다. 그래서, 진짜로 늑대가 나왔을 때는 너무 재미있어 죽을 지경이었습니다.

나는 내가 늑대에게 먹혀 죽는 것을 마을 사람들에게 보여주고 싶었기 때문에 손발과 고추가 물어뜯기고 찢겨도 하나도 아프지 않았습니다. 나는 마을 사람이 그런 내 모습을 보고 있다는 것을 확인했습니다. 마을 사람들은 웃고 있었습니다. 그렇지만 나는 내가 먹히는 모습을 볼 수 없었습니다.

마침내 손발과 몸통이 없어지고 머리만 남았습니다. 마을 사람들은 그것을 보고 더 큰 소리로 웃었습니다. 나도 걀걀 웃었습니다.

그러나, 나는 늑대에게 먹혔다는 것이 억울했습니다. 왜냐하면, 이제 즐거움이 사라져버렸기 때문입니다.

마을 사람들은 내가 두 번 거짓말을 하는 동안 피난훈
련을 했기 때문에 늑대에게 잡아먹히지 않았습니다. 그
렇지만 전쟁으로 폭탄이 마을에 떨어져 모두, 죽고 말았
습니다.

교사는 이 작문에 빨간 색연필로 B라고 썼다. A가 우
수, a가 우등이다. 학기말의 통신표 소견란에는 이렇게
적혀 있었다.

*다소 정서가 불안합니다. 수업 중에도 멍해지는 일이 많
습니다. 개성적인 의견을 가진다는 건 좋은 일이지만, 과한
것은 부족한 것과 다름없다는 말이 있듯이, 가정에서의 언
동에 주의를 기울여주십시오. 성적은 그런대로 괜찮은 편
이지만, 조금 편향되어 있습니다.*

아쿠마 카즈히도는 요주의 인물이 되어버렸다. 기뻐
할 일이었다. 적어도 떨어진 로또 중의 한 장이면서도 다
른 로또하고는 다르므로 왕자의 조건을 갖추었다고 할
수 있으니까.

제2악장 사이(間)의 남자

　　중학생이 되자 나는 점점 더 복잡하게 분열되어갔다. 드라마틱하게 표현하자면…… 아쿠마 카즈히도라는 이상한 이름에 휘말려들었을 때부터 나의 운명은 스타와 부랑자, 지도자와 은둔자, 천재와 백치의 양극단 사이를 격렬하게 왕복할 수밖에 없었다. 이것은 집단 속에서 자신의 위치를 발견하지 못했다는 말이다. 집단 속에서 성공하기 위해서는 '나는 어떤 다른 것도 아닌 나'라고 단언할 수 있는 완고성과 자신의 진부성을 아무렇지도 않게 여기는 넉살이 필요했다. 나에게는 그런 완고성도 넉살도 없고, 오로지 불안정만 있을 뿐이었다.

"중학교에 들어가면 무엇인가 한 가지에 열중하세요."
라는 아버지의 말을 받들어, 나는 뭔가 한 가지 일에 열
중하는 아이를 놀리는 일에 열중했다.

스포츠나 음악 등의 클럽활동에 열심인 아이에게는 좀
건방지면서도 신념의 노예들에게서 흔히 보이는 심술궂
은 구석이 있었다. 나는 그들을 멸시하면서도 주눅이 들
어 있었는데, 그들이 나에게 '불평불만만 늘어놓고 자신
은 아무것도 하지 않는 놈'이라는 찬사를 보내주었기 때
문에 어느새 그 주눅에서 해방되었다. 아무것도 하지 않
는 것을 래디컬하게 행하고 있다는 것을 알게 된 것이다.
사람을 가리지 않고 과감하게 시비를 걸어, 당사자인 아
쿠마 카즈히토를 급우들과 교사에게 핍박받는 마조히스
틱한 영웅으로 만들어보려고 노력했으니까……

중학생은 머리끝에서 발끝까지 칠흑 같은 어둠으로 도
색한 까마귀로 변신한다. 금색으로 둔탁하게 빛나는 다
섯 개의 단추가 쓴웃음을 짓고 있었다. 암놈 까마귀는 짙
은 감색이었다.

까마귀들은 아침 8시 반까지 교문을 통과해야 한다.
지각자는 명찰을 빼앗기고, 조례 시간에 앞으로 불려나
가 교사에게 협박당한다. 전교생의 복장검사도 한다. 머

리는 올려 치고, 신발은 검정색, 스커트는 무릎이 가릴 정도, 파마와 염색은 금지.

나는 규칙을 지겹다고 느끼지 않는 거세된 놈들, 규칙에는 무조건 반항한다는 규칙을 지키는 전문 멍청이 모두가 싫었다. 나는 규칙과는 무관한 일을 슥삭 해치우는 쪽이었다.

교실에서 복장검사 때.

선생은 내가 흰 장갑을 낀 것을 보고 물었다.

"더워 죽을 지경인데 왜 장갑을 끼고 있지? 상처라도 입었어?"

"아닙니다. 상처는 없습니다."

"그럼, 벗어야지."

선생은 의아하다는 듯이 말했다.

"벗으면 손이 차가워집니다. 나는 냉증입니다."

이것은 물론, 만들어낸 이야기지만, 내가 집요하게 반복해대자 마침내 선생도 고개를 끄덕였다.

"좋아, 남자는 전원 윗옷을 벗어. 요즘 말이야, 색깔 있는 와이셔츠를 입는 학생이 있어."

선생은 또 나에게 눈을 돌렸다.

"아쿠마, 너는 핑크색 와이셔츠를 입고 있군."

"아닙니다. 이것은 하얀색입니다. 핑크로 보이는 것은 빨간색 복대를 두르고 있기 때문입니다."

"네가 거지냐?"

"예, 배탈 난 거집니다."

교실이 떠나갈 듯한 웃음이 터져나왔다. 선생은 교실의 웃음을 멈추게 하면서까지 나를 핍박하는 것이 귀찮았던 모양이다. 그때는 그렇게 넘어갔다. 선생은 나를 마크하기 시작했다. 규칙위반이 아닌 이상, '좀 이상한데.' 하고 고개를 젓는 것 외에는 방법이 없었던 것이다.

나는 독자적인 패션을 즐길 수 있었다. 너무 잠이 부족하다는 듯이 어머니의 아이섀도를 눈 밑에 바르기도 하고, 매직으로 얼굴에 상처를 그려 그 위에 붕대를 칭칭 감거나, 고의로 머리카락에 베개자국을 만들어 거기에다 포마드를 발라 메두사의 뱀 대가리를 흉내 내기도 하고…… 왜냐고 묻지 마세요. 그것은 광대에게 '너는 왜 사람들을 웃겨?' 라고 묻는 것과 같다.

중학교라는 식민지에서는 학업성적이 좋거나 스포츠를 잘하면 존경받고, 또 질투의 대상이 된다. 나처럼 성적은 보통이지만, 이유를 들이대는 데는 아무한테도 지지 않는 놈, 운동신경이 둔한 주제에 도망치는 데는 누구에게도 지지 않는 놈은 따돌림받고 공격당하기 십상이다. 그렇지만 나는 누구에게 공격받지는 않았다. 경박스런 낯짝 밑에 언제라도 몸을 던져 반격할 수 있다는 깡패의 가면을 슬쩍 드러내고 있었기 때문일 것이다. 공격당하기만 하는 아이를 공격하는 즐거움과 공포는, 언제 그가 몸을 던져 반격을 가해올지 모른다는 데에서 오는 것이다. 몸을 빼는 타이밍을 가늠하지 못하는 공격자는 칼을 맞아도 싸다. 급우들은 나를 가볍게 놀리는 정도에서 그만두는 것이 좋다는 것을 잘 알고 있었다.

나는 교실에서 도서실로, 체육관에서 그라운드로 혼자 여행하는 과외활동을 하고 있었다. 매일 도서실을 다녔다. 『타인의 심장』을 읽은 이후로 나는 책을 통하여 변신의 비밀을 탐구하는 습관을 가지게 되었다.

미시마 유키오의 소설을 읽었는데, 문득 그 소설이 일본어를 쏙 빼닮은 외국어로 씌어진 소설이 아닌가, 라는 생각이 들었다. 내가 일본어에 능숙하지 못한 때문이었는지도 모르지만, 어릴 적부터 미시마 유키오의 목과 친구였던 나로서는 『가면의 고백』도 『도적』도 『금각사』도 배 가르기 게임처럼 목숨을 건 연극 같은 기분이 들었고,

소설의 등장인물들도 살아남으려고 발버둥치며 살기를 뿜어대는 일본인과는 동떨어진 생동감 없는 인물들이었다. 나는 언어의 정글을 뚫고 들어가, 주인공이 터질 듯한 긴장을 풀어헤치고 갑자기 걀걀 웃으면서 할복하는 장면을 공상했다. 그것은 소설의 행간에 자신의 욕망을 채워넣는 독서 방식이었다.

나는 항상 소설에서 교묘한 속임수를 바랐다. 즉, 리얼한 동화를 좋아했다. 주인공이 도덕적이거나 교훈적인 것은 참을 수 없었다. 자신이 범한 죄 때문에 고뇌하는 주인공보다는 고뇌하기 위해 죄를 범하는 쪽이 몇백 배 매력적이었다. 또 전생의 업 때문에 병에 걸리거나, 가난이라는 핸디캡을 안고 있으면서도 사회에 대항하지도 않고 오로지 밝게 살면서 몰락으로 치닫는 인물이 나오는 소설은 없나 하고 생각했다. 그러나, 용모단정하고 재능도 있고 돈도 있고, 태생도 좋아서 아무 불편 없고 고뇌도 없다는 것이 유일한 고뇌인 주인공이 어설프게 도덕심을 일으키거나 아름답게 몰락해가는 소설 따위는 마음에 들지 않았다. '거만한 자는 영원하리'라는 식으로 초인이 되어가는 이야기를 바랐다. 몰락이나 성공의 영구적인 운동의 끝에 무엇이 있는지를 알고 싶었다. 현실이란 의외로 그런 모양이니까.

　나는 경박한 것이 가장 편리한 행동양식임을 알고 있었기에 표층적인 인간관계는 무난하게 꾸려갔다. 남자 여자 상대를 가리지 않고 누구하고도 사이좋게 지내는 솜씨 하나만은 거의 경지에 다다랐다(덧붙이자면 아버지는 매달 성적이 좋은 노련한 세일즈맨인데, 그것은 나의 성격과는 아무런 관계도 없는 것으로 생각했다). 때문에 나는 체육관에서도 방해꾼 취급을 받지 않았다. 나는 발 아래로 굴러오는 공을 넘겨주기도 하는 꽤 편리한 사람으로 인식되었다.

　"여어, 클럽연구 클럽의 아쿠마 아냐."

　애들은 나를 그런 식으로 불렀다. 몇 번이나 체조부와 농구부에서 입단 권유가 있었지만 교묘하게 뿌리쳤기 때문일 것이다.

　체조부에는 나에게 끈질기게 접근하는 사내가 하나 있었다. 아즈키라는 사내인데, 나와 얼굴이 닮았다는 것을 빌미로 급우들에게 '나는 아쿠마의 분신.', '나는 불행해.' 하며 요란을 떨어댔다. 확실히 나와 아즈키는 파리처럼 분주히 왔다갔다하는 시선이나, 조금 위로 치켜올라간 코 따위가 닮았다. 단지 목 아래부터는 그쪽이 아름다웠다. 가슴의 근육은 발달해 있었고, 젖꼭지는 핑크빛으로 비교적 컸다. 더욱이 그의 운동신경은 대단했다. 공중제비돌기 기술은 서커스단에 들어가도 좋을 만큼 날렵했다.

그는 배우가 되고 싶다고 했다. 예전에 극단에서 활약했던 나였기에 그런 그에게 강한 흥미를 느꼈다. 흥미에는 악의가 70퍼센트 정도 포함되어 있었다. 이렇게 체육관에 오는 이유도 그의 역삼각형 육체에 나의 머리를 바꾸어 달기 위해서였다. 필경 나는 거지이고 그는 왕자다. 거지는 은밀하게 왕자가 공중제비돌기를 하다가 실패하여 중상을 입기를, 로또 발표를 보듯이 조마조마한 심정으로 바라고 있었다. 나는 아즈키와 육체를 공유하고, '나의 파멸은 너의 파멸'이라는 식의 사나이 대 사나이의 동시 파멸을 바랐다. 그것은 나의 첫사랑이었는지도 모른다.

"넌 그리 약한 것 같지 않아. 철봉이라도 하지 않을래?"

그의 하얀 이빨 사이로 새어나온 말은 아마도 나에 대한 그의 호의였을 것이다. 나는 아무 대답도 않고 그의 웃는 모습을 흉내 냈다. 아즈키가 말했다.

"어이, 거꾸로 한번 매달려봐."

"거꾸로 매달리는 것 정도는…… 어린애 장난."

나는 허세를 부리면서 윗옷을 벗어던지고, 나의 분신 아즈키가 방금 전까지 빙빙 돌고 있던 철봉으로 올라갔다. 그리고 서서히 팔에다 힘을 넣고 다리를 탈탈 털면서 마치 물에 빠진 듯이 버둥거렸다.

"에! 매달리지도 못해?"

아즈키는 그렇게 말하더니 내 엉덩이를 잡고 추처럼 흔들었다. 나는 천진난만하게(그렇다고 해서 지금까지 내가 사악했다는 말은 아니다) 웃으면서 하는 대로 내버려두었다. 나는 샌드백이 되어 난타당하는 아쿠마 카즈히도를 몽상하고 있었다. 와이셔츠가 삐죽 튀어나온 흐트러진 자세로 나는 철봉에서 떨어지고 말았다. 나는 아즈키에게 아양을 떠는 듯한 모습으로 매트에 뒹굴고 말았다.

"칠칠치 못하긴. 너, 여자 같은 놈이군."

아즈키는 경멸과 동정을 뒤섞어서 말한 것 같았다.

"너는 사나이 같은 놈이다."

나는 그의 어투를 복사하듯이 말했다.

"물론 사나이지. 그만 일어나."

아즈키는 술에 취한 추녀를 다루듯이 말했다. 나는 고

집불통 같은 여장 남자배우 흉내를 내면서 '좋으실 대로 하시와요.' 하고 다리를 쩍 벌렸다. 그것은 '자, 찌를 테면 찔러봐' 하고 정색을 하는 조폭의 태도이기도 했다.

"일어나라니까."

아즈키는 짜증스런 표정으로 내 팔을 잡아당겼다.

"잠깐 기다려줘."

그런 다음, 나는 포복자세로 매트에 페니스를 문지르기 시작했다.

"너는 공중돌기는 잘 해도 이건 못 하지."

아즈키는 갑자기 선생에게 질문이라도 당한 듯 뻣뻣해졌다. 저쪽에서 마루운동 연습을 하고 있던 다른 부원들이 다가와 나를 둘러쌌다.

"이 자식 뭘 하는 거야."

상급생들은 평균대 주위에 있는 여학생들 눈에 띄지 않도록 나를 둘러쌌다.

"울트라맨이다."

나는 뻔뻔스러워지기로 했다. 아무도 흉내를 내지 못했다(라기보다는 하지 않았다). 나를 비정상이라고 생각하면 마음이 편한 그런 정상인들이었다. 그들은 나의 페니스처럼 막대기가 되어 서 있었다.

"너, 매일 그짓만 하고 있지. 그러니까 거꾸로 오르지도 못하는 거야."

아즈키는 건강한 공식 견해를 제시했다.

그의 육체에서 땀이 되어 발산하는 '건강'에는 노이로제 냄새가 났다. 마치 자신의 불능을 감추려 하는 자가 건강에 집착하는 것처럼.

아즈키는 나를 버리지 않았다. 그는 자신의 건강에 대해 꺼림칙한 무엇을 느끼고 있는 것 같았다. 나와 사귀고 있으면 불건강의 엑기스를 조금이나마 흡수할 수 있다고 생각하는 모양이다.

하굣길에 그와 같이 걸은 적이 있다. 평소처럼 과묵한 캐릭터로 나를 포장해놓고서 그가 말을 걸어오기를 기다렸다. 그러자 아즈키는 좋아하는 여자의 어깨를 만지듯이 부드럽게 손으로 내 어깨를 감싸더니 천천히 입을 열었다.

"아쿠마, 일주일에 몇 번 하니?"

그것은, 그것은 너무나도 진솔한 질문이었다.

"별로 안 해."

"그런데, 나 말이야, 아무래도 요즘 다리가 약해진 것 같아. 오늘, 철봉에서 착지할 때 엉덩방아를 찧은 것도 오나니를 너무 많이 해서 다리에 힘이 빠졌기 때문이 아닐까?"

"넌 일주일에 몇 번 하는데?"

"아니, 하루에 세 번 해."

"넌 죄의식을 갖고 있는 모양이야."

나는 갑자기 카운슬러로 변신했다.

"확실히 오나니는 마음과 몸에 나쁜 영향을 끼쳐. 옛날 책에는 그렇게 고민할 필요가 없다고 씌어 있긴 하지만, 실은 오나니만 하는 사람이 배우가 되는 경향이 많다고 해."

"그런 바보 같은 소리 마. 사람들이 웃어."

아즈키의 얼굴에 그려진 주름살이 웃었다.

"아냐, 그런 데이터가 나와 있어. 소련의 심리학자…… 에 또, 뭐라고 하더라, 루이센코? 그런 학자가 있어. 오나니를 너무 많이 한 사람은 어른이 되어도 진짜 여자를 사랑할 수 없게 된대. 누드사진의 여자가 아니면 발기도 하지 않고. 심한 경우에는 자신의 손이나 자지를 사랑하게 된다고 해. 여자를 보면 성욕은 일어나지만, 여자를 안고서도 왠지 오나니를 하는 듯한 기분이 든대.

자신과 성기 둘만의 폐쇄적인 세계에 줄곧 머물러 있기 때문에 이윽고 오나니 중심의 세계관이 형성되는 거야. 모든 인간의 행위가 오나니로 보이게 되는 거지. 그 중에서도 연극이라는 것이 가장 오나니다운 오나니니까, 넌 배우가 될 수 있을 거야."

나는 가공의 신학설을 제멋대로 만들어냈다. 아즈키는 나의 얼굴을 빤히 들여다보면서 나의 웃음을 이끌어내려고 일부러 크게 입을 찢고 웃으며 말했다.

"거짓말이야, 봐, 거짓말하고 있으니까 웃고 있지."

나는 그의 원시적인 거짓말 탐지법에 결코 넘어가지 않았다.

"거짓말이 아냐. 그 책을 보여줄 수도 있어. 너는 배우가 되고 싶지 않니?"

아쿠마 카즈히도는 냉정하게, 게다가 필사적으로 또 다른 하나의 현실을 만들어내고 있었다.

"너는 욕실에서 몸을 거울에 자주 비춰보지?"

"그렇지 않아."

"그거야말로 거짓말! 그럼, 뭣땜에 몸을 단련하는데? 거울에 비추어보고 싶어서 아냐? 나도 말이야, 거울을 보고 갈비뼈 수를 세어보거나, 겨드랑이 털이나 음모가 얼마나 나 있나 조사해. 그렇지만, 자신의 모습을 보고 황홀해하는 것은 좋은 일이야. 오나니를 더 열심히 하는 게 좋아. 정액에 피가 섞여 나올 정도로. 그러면, 지금보다 더 너 자신이 좋아질 거야."

"네놈은 분명히 주둥아리부터 빠졌을 거야."

아즈키는 그렇게 말하면서도 불안을 감추지 못했다.

"너처럼 머리부터 먼저 태어났어. 나는 단지 상식을 말하고 있을 뿐이야."

나의 그런 엉터리 논리는 그의 마스터베이션을 둘러싼 죄의식의 불길에 기름을 부었다. 그것도 다 아즈키에 대한 사랑 때문이다.

아즈키는 여자애들에게 인기가 있었다. 그가 교실에서 여자애에게 사랑을 고백받고 머리를 긁적거리는 고전적인 장면을 본 적도 있다. 또, 그가 복도를 걸어가고 있는데, 갑자기 네 명의 여자애들이 둘러싸고 '자기 멋쟁이'라는 기묘한 협박을 가하는 장면도 보았다. 나는 그에게 호의의 협박을 한 여자애들과 심리적인 동료라고 할 수 있다.

여자애들 말로는, 그는 수줍음을 타는 상냥한 성격에

다, 자세가 늘 당당하기 때문에 함께 할 상대로는 최고라는 것이다. 어차피 그녀들은 텔레비전의 청춘드라마나 소녀만화에 등장하는 판에 박힌 미남이나 백마 탄 기사형에다 아즈키를 끼워 맞추고 감상하고 싶은 것뿐이다. 청춘드라마의 히어로와 아즈키를 열심히 비교연구하는 셈이다. 그는 그런 비교연구에 충분히 견뎌낼 수 있을 만큼 소녀취향에 걸맞은 미소년이었다. 나 역시 아즈키를 하나의 작품으로 애호했다. 그렇지만 작품을 맛보는 방법은 달랐다. 나는 아즈키를 보다 추하게 변형시켜 제2의 아쿠마 카즈히도로 개조하고 싶었다. 나는 그것이 그에게서 건강한 장난꾸러기의 요소를 제거함으로써 달성되는 것이라고 믿었다.

2학년이 되자 나의 아즈키에 대한 사랑은 아주 고식적인 수법으로 바뀌어갔다. 체조부의 에이스가 되어가고 있던 그는, 동시에 나의 술수로 오나니광이 되어갔다. 나는 그를 만날 때마다 '요즘 사색 많이 해.' 하고 말을 걸었다.

"난 이제 오나니를 그만두고 싶어. 다시는 하지 않겠다고 맹세하지만, 나도 모르게 손이 거기로 가고 마는 거야."

그러면서 아즈키는 체념 섞인 웃음을 흘렸다.

"네게는 재능이 있어. 오나니를 그만둘 수 없는 걸 봐서 분명히 좋은 배우가 될 거야. 더 열심히 오나니를 하고 죄의식을 가져야 해. 이것도 수행이라 생각해. 죄의식을 느끼지 않게 되면 끝장이야. 죄의식에 괴로워하는 연기를 할 경우도 있을 테니까, 그 연습이라고 생각해. 여러 가지 누드사진을 보면서 오나니를 하면 연기공부가 될 거야."

그렇게 말하고 나는 지겨워진 누드사진을 몇 장 제공했다.

다른 한편으로 나는, 건강하고 쾌활한 체조부의 에이스인 아즈키를 떠받드는 여자애들에게 완전히 새롭고 신선한 아즈키의 이미지를 제공하기도 했다.

"그놈 말이야, 나에게서 정기적으로 누드사진을 받아서 오나니만 하고 있어. 하루에 네 번 사정하지 않으면 속이 안 풀린대. 요즘 얼굴이 좀 칙칙해 보이지? 그건 오나니를 너무 많이 해서 정신이 이상해져서 그래. 자살할지도 몰라."

여자애들은 내 말을 그냥 농담으로 흘려들었다. 그러나 현실을 바꾸려는 나의 의지는 참으로 집요했다. 그 후에도 끊임없이 아즈키가 오나니에 미쳐 있다는 소문을 퍼뜨리고 다녔다. 내가 그녀들에게 심어준 선입견에서는 마침내 가지가 뻗어나가고 잎이 피어나기 시작했다. 여자애들은 아즈키와 시선을 마주치면, 마치 자신이 이상한 짓이라도 한 것처럼 눈을 내리 깔았다.

이윽고 창백한 오나니 소년 아즈키의 소문이, 건강하고 솔직하며 착한 아이 아즈키의 귀에도 들어갔다. 그러나 그는 화를 내지 않았다. 그는 어느새 내가 날조한 아즈키로 변신해 있었다.

"새로 나온 에로 사진 없니? 오나니가 너무 좋아 죽겠어."

그러면서 내 어깨에 팔을 감았다. 나는 소름이 끼쳐 그 팔을 떨쳐버리고 싶었다. 이미 평범한 오나니스트가 되어버린 아즈키는 매력 없는 하급품에 지나지 않았다. 나는 우직할 정도로 오나니의 죄의식에 시달리는 아즈키를 사랑했을 뿐이다. 오나니의 가치는 죄의식을 불러일으키는 데 있다. 나는 오나니를 생리현상으로 생각하고 싶지 않았다. 나는 은밀하게 아즈키가 오나니 지옥에서 고뇌하다가 자살하는 것을 꿈꾸고 있었다. 그 꿈이 허무하게 증발하고 만 순간, 나는 아즈키에게 냉담해졌다. 누드

사진을 제공하는 것도 그만두었다. 그는 수험공부에 열중하는 평범한 중학생으로 타락했다. 그 녀석은 아쿠마 카즈히도의 실패작이 될 수는 있어도, 결코 아쿠마 카즈히도를 초월할 수 있는 탁월한 재능을 지닌 제자는 아니었다.

중학교 2학년, 나는 아직 여자를 사랑하려 하지 않았다. 여자는 나를 조금씩 유아로 만들어버리는 비겁한 생물이었다. 남자는 여자보다 제2차 성징이 늦게 나타난다는 생물학적 사실을 제쳐두고라도, 나는 여자 앞에서 백조의 기사와 같은 행동은 할 수 없었다. 여자를 사랑하기보다는 여자가 되고 싶었다. 물론 나에게도 성욕은 있다. 단, 여자에게 당하고 싶다는 욕구였다. 열네 살의 아쿠마 카즈히도의 체격은 이미 가정에서 폭력을 행사하기에 충분할 정도로 성장했다. 나는 그것이 불만이었다. 어머니에게 저항하면서도 쉽게 굴복해버리고 말았던 시절의 노스탤지어가 여자에게 당하고 싶다는 욕구의 원천일는지도 모른다. 그렇다, 이전에 나는 누구에게도 안길 수 있는 바람둥이 아기였다. 나는 어디까지나 약자이고 싶었다. 남자와 여자가 있는 이 세상에서 내가 남자라는 사실은 너무도 불쾌한 일이었다.

그런 아쿠마 카즈히도에게도 여자를 상대로 한 판에 박힌 듯한 사랑이 있었다. 상대는 세 명의 과학부 여자부원 중 한 사람이었다.

내가 실험실에서 인간의 골격표본을 보고 있는데, 그녀가 나타났다. 같은 학교에 이런 글래머가 있었는가 하고 넋을 잃고 말았다.

"여기서 뭘 해? 실험실에는 과학부가 아니면 들어올 수 없는데."

"이 표본, 진짜야?"

나는 단순한 침입자가 되고 싶지 않아서 침착하게 물었다.

"플라스틱으로 만든 거야. 그렇지만 분자로 되어 있어. 그 분자는 원자로 되어 있고, 원자 속에는 원자핵이 있고, 그 주위를 전자가 돌고 있어. 원자핵은 양자와 중성자로 이루어져 있는데, 양자를 분해하면 또 작은 입자가 들어 있어. 그런 점에서는 진짜 뼈와 똑같아."

그녀는 거만을 떨며 별것도 아닌 지식을 늘어놓았다. 나는 시건방진 여자에게 반격을 가해보려고 열심히 머리를 굴렸지만, 입만 우물거리다 아무 말도 못했다.

"너, 몇 학년?"

그녀가 물었다.

"2학년."

"에! 같은 학년이네. 큿큿."

그녀의 억지이론 취향은 나와 꼭 같았다. 내가 여자였다면 이런 여자가 되었을 것이다. 아쿠마 카즈히도는 아무 생각 없이 충동적으로 말했다.

"과학부에 들어가고 싶은데."

"아, 그래. 그럼 들어와."

그녀는 거침없이 대답했다.

"4반 아쿠마 카즈히도라고 해."

내가 자기소개를 하자, 그녀는 무례하게도 나의 꼬리 같은 이름을 조소했다.

"나는 후지야마 란코. 잘 부탁해."

나는 그녀의 기생 같은 이름을 비웃어주었다.

그녀는 딱히 내게만 냉담한 건 아니었다. 아무래도 '남자란 모두 장난꾸러기'라는 의식이 그녀의 마음 밭에 뿌리 내리고 있는 것 같았다. 여자라는 자의식이 너무 강하다는 느낌이 들었다. 그녀의 오만에는 나름대로 배경이 있었다. 그녀는 교내 실력테스트에서 우리 학년 사백

명 중 항상 5등 이내였다. 덧붙여, 나는 겨우 50등 정도였다. 또, 여학생 중에 아무도 란코보다 빨리 달릴 수 없었다. 봄 체육대회에서 그녀는 칼로 공기를 가르듯이 달렸다. 입으로 바람의 저항을 모두 빨아들이고 유방만이 질주의 장애물이 되는 듯한 자태를 보여주었다. 그녀는 바람을 맞으며 우아하게 달리는 여자애들을 5미터나 뒤로 하고 유유히 골인했다. 남자라면 누구라도 그녀의 두 개의 부드러운 봉우리가 달린 근육질의 육체에 끌어안기고 싶어할 것이다. 또, 란코가 남자 역을 맡으면, 여자는 연극인 줄도 잊고 진짜로 그녀를 사랑하게 될 것이다. 실제로 그녀가 달리는 모습을 보고 '언니, 멋져!' 하고 오빠부대처럼 외쳐대는 여자애도 있었다.

　나는 그녀를 사랑하기 이전에 질투했고, 질투하기 이전에 경원했다. 그것은 아즈키의 경우와 마찬가지였다. 나는 록큰롤과 세일즈맨과 우유와 건강한 우등생이 너무 싫었다. 연애란 이런 혐오물질을 극복하려는 자학적인 노력이라고 나는 믿었다. 란코 앞에만 서면 나는 교미한 후의 수컷 사마귀가 되었다. 그러나, '제발 나를 먹지 말아주세요.' 라며 최선을 다해 암컷 사마귀를 설득하면서도, '어떻게 하면 이 암놈을 먹을 수 있을까?' 하고 머리를 굴렸다.

과학부에 들어간 지 한 달이나 되었지만, 란코는 한 번
도 내게 말을 걸지 않았다. 내 얼굴을 쳐다보는 것조차
싫어하는 듯했다. 물론, 그녀에게 호감을 기대할 만큼 나
는 뻔뻔스럽지 않다. 다만, 실연의 고통을 이기지 못해
자살하는 사람이 있다는 것이 너무도 불가사의해서 실제
로 확인해보고 싶었다. 실연을 각오한 사랑이라면 한 번
쯤 해볼 가치가 있지 않을까. 실연이 두려워 그 앞에 서
서 흠칫거리는 화장을 하는 것보다는, 은근히 실연을 바
라면서 상대의 눈치를 볼 것도 없이, 설령 악취미라는 말
을 듣는 한이 있어도 오로지 자신만의 화장을 즐기는 것
이 내 성격에 맞았다. 또 그렇게라도 하지 않으면 그녀는
나를 흘끗 쳐다보는 노력조차 절약해버릴 것이다.

나는 과학부의 모임 중이나, 교사의 지시로 증류수를
만드는 작업 중에도 란코의 시선을 생포할 기회를 노렸
다. 까딱 잘못하면 그녀를 감시하는 나의 눈은, 중학생의
것이라고는 믿을 수 없을 정도로 노랗게 잘 익은 블라우
스 아래의 파파이아를 투시하고 거기에 게걸스럽게 달라
붙는 탐욕덩어리가 되어버릴 수도 있었다. 그러나 그녀

를 바라본다는 것은 아쿠마 카즈히도를 어필하는 기본적인 수단이었다.

란코와 나는 얼마 동안 냉전 상태를 유지하다가 딱 한 번 30초 동안(이것은 심리적 시간으로, 실제로는 6초 정도였을 것이다) 눈싸움을 했다. 그녀는 한 마디 말도 허락할 수 없다는 준엄한 시선으로 나를 노려보았고, 나는 미륵보살처럼 미소 지었다. 그녀는 거의 비웃음에 가까운 나의 미소 짓는 얼굴을 보고 터지려는 웃음을 있는 힘을 다해 참고 있다가, 이윽고 미간에 불쾌하다는 뜻의 주름을 잡으면서 기침을 하듯이 웃었다.

째려보기는 한쪽에서 웃으면 승부가 결정나지만, 결국에는 둘 다 웃게 되어 있다. 처음부터 승부를 포기하고 웃으면서 노려보았으니, 나는 반칙을 써서 그녀에게 승리한 셈이다.

그 이후, 나는 틈만 있으면 란코에게 심리적인 복싱을 걸었다. 복도에서 그녀와 만나면 최고의 경례를 하거나 혀를 내밀기도 하고, 스케이트를 타는 흉내도 냈다. 거기에 대해 오로지 무표정을 치장하는 것이 란코의 한결같은 수법이었다. 그녀는 나를 어린애 같은 사내로 아예 정리해버린 것 같았다. 또는 나에게 접근할 기회를 주지 않으려고 노력하고 있었다. 나는 알고 있었다. 그녀가 의외로 단순한 성격의 소유자라는 것을. 공주를 성 안에 가두어두고서도 마음이 놓이지 않아 비밀의 방에 감추어두는 근친상간 지향이 강한 부왕과도 닮은 여자, 그것이 란코의 모습이었다. 나는 거기에서 남자가 되려는 여자의 어색한 인형극을 엿보고, 아무래도 란코를 사랑하지 않고는 견딜 수 없게 되고 말았다.

과학부 활동은 주 2회였지만, 실험실에는 매일 다녔다. 개구리 해부나 물의 전기분해를 하는 검은 실험대에 달라붙은 에테르와 초산 냄새를 맡고, 염산이 떨어져 생긴 실험대의 색바랜 '얼룩'을 문지르기도 하면서 혼자만의 고독을 즐겼다.

여름방학이 다가온 어느 더운 날이었다. 나는 바람이 잘 통하게 문을 열어두고 실험대 위에 큰대자로 누워 엷은 잠에 빠져들었다. 그러자 실험실 문이 열리고…… 란코가 나타났다. 백의를 입은 란코가 메스를 들고 실험대 위의 나에게 다가온다. 마스크를 코 위까지 올리고, 눈만이 식인종처럼 빛나고 있었다. 어느새 나는 실험대에 묶여 있었다.

"아쿠마 씨, 어디가 좋을까? 여기?"

란코의 손이 하복부에서 점점 아래로…… 나의 마술 지팡이는 란코의 왼손에 잡히자 굵어지고 길어졌다. 그녀는 마취도 걸지 않고 오른손에 든 메스로…… 피가 섞인 나의 정액이 란코의 볼과 입술을 물들였다. 그녀는 나의 절단된 성기를 손에 들고 소프트크림을 핥듯이 혀로 날름날름.

"마 — 앗있네. 이제 남자가 될 거야."라고 란코는 말했다.

나는 외쳤다.

"나는 란코 씨다."

어떻게 된 셈인지 나에게는 란코의 육체, 란코에게는 나의 육체가 붙어 있었다.

나는 자신의 두 봉우리와 갈대 우거진 늪에 손을 댔다. 전신으로 아릿한 경련이 퍼져간다. 손가락 끝에는 피가 묻어 있었다. 그날이다. 어떡하면 좋아?…… 그렇지만 왠지 기뻐. 여자가 되었으니…… 아마도 아쿠마 카즈히도는 란코에게 쫓겨날 것이다. 이제 나도 란코처럼 느끼고 행동하도록 스스로 노력할 것이다.

한편, 나의 육체에 옮겨간 란코(란코의 머리)는 울면서 마법의 지팡이를 쥐고 있었다. 그녀는 완고하게 자신의 오리지널을 고집했다. '나는 원래 이런 모습이 아니었어.' 하고 외치며, 내 머리가 붙어 있는 그녀 본래의 육체를 추격한다. 머리가 바뀌어 만족스러운 나는 도망친다. 겨우 손에 넣은 여자 몸에서 떠날 수야 없지. 나는 이제 털끝만큼도 그녀를 사랑할 기분은 없다. 사랑을 하려면, 남자건 여자건 다른 사람이 좋다. 불쌍하게도, 란코는 나의 주의를 끌기 위해 있는 힘을 다해 머리를 짤 것이다. ……여기에서 아쿠마 카즈히도가 돌아왔다.

나는 목이 말라 증류수를 만들 때 사용하는 플라스크에 든 물을 마셨다. 별 생각 없이 약품실을 들여다보려고 문에 손을 갖다 댔더니 스윽 열리는 것이 아닌가. 평소에는 학생들이 들어가 장난을 치지 못하도록 반드시 자물쇠를 채워놓는데, 그날은 나의 입실을 환영이라도 하듯 활짝 문을 열어주었다.

장방형의 방에는 오래된 약품선반과 책상, 꼭지가 세개 달린 개수대, 구석에는 암실이 있었다. 우선 암실로 들어가 교사가 취미로 찍은 누드사진이라도 없나 조사해보았지만, 먼지를 덮어쓴 필름 통 두 개가 뒹굴고 있을 뿐이었다. 다음으로 약품선반을 한 단씩 자세히 조사해

보았다. 맹독의 황린산과 비소와 수은이 놓여 있다. 가슴이 너무 두근거려 도망치려 하다가, 침착하자고 속으로 되뇌면서 문을 당겼다. ……다행히 문은 열리지 않았다. 그렇지만 이런 유리문 정도는 간단히 부술 수 있다. 마음만 먹으면 몇천 명을 죽일 수 있는 치사량의 독약을 손에 넣을 수 있다. 대량살인을 노리는 사람에게 가르쳐주고 싶다는 테러리스트의 애인의 감정과, 이런 형편없는 관리태세로는 위험하다는 정의감에 불타는 도둑의 감정 사이를 왔다갔다했다. 이윽고 테러리스트의 애인이 되는 쪽이 편하다는 결론을 내렸다. 관리가 형편없다고 지적하다가는 스스로 약품실에 침입했다는 사실을 밝히는 꼴이 되어 야단을 맞을 게 분명하기 때문이다. ……침묵은 금이다.

책상 위에는 검은 표지로 감싼 두터운 파일이 놓여 있었다. 옛날 시험문제인가 하고 슬쩍 펼쳐보니, 거기에는 다양한 약품 제조법이 그림을 곁들여 설명되어 있었다. 양갱 만드는 방법에서 점점 복잡하면서도 위험을 동반하는 제법으로 나아가, 한 장에 한 건씩 삼백 장에 이르는 비법서는 니트로글리세린 제조법으로 끝을 맺고 있었다. 시안화칼륨(청산가리)과 화장비누 만드는 방법까지

들어 있었다. 내가 간단히 만들 수 있을 만한 것, 게다가 마실 수 있는 것도 있어서 어떻게든 만들어보지 않으면 속이 시원치 않게 되었다. 나는 일단 복도로 나가 교사가 문을 잠그러 오지는 않는지 확인한 다음, 급히 약품실에 돌아와 비커에 포도당과 쿠엔산을 2:1의 비율로 넣고, 탄산수소나트륨을 한 숟가락 첨가하여 물에 녹였다. 나는 고리대금 노파를 죽인 직후의 라스꼴리니꼬프가 된 기분이었다. 이상하게 후각과 청각이 예민해져, 실험실 앞으로 머릿기름을 짙게 바른 영어선생이 지나가는 것을 느낄 수 있었고, 체육관에서 농구를 하는 소리도 들을 수 있었다. 나는 긴장한 아쿠마 카즈히도를 냉정하게 관찰하면서 거품이 일고 있는 액체에 입을 갖다 댔다. ……미적지근하지만 분명 사이다였다.

나는 이 성공에 완전히 흥분하고 말았다. 재빨리 '내가 만든 거야.' 하고 란코에게 비커에 든 사이다를 건네주는 자신의 용기 있는 모습을 상상했다. '에, 이딴 걸 왜 만들어? 다이너마이트라면 몰라도.' 상상 속의 란코는 그렇게 말했다.

중학교 3학년 여름까지, 오로지 란코는 나의 공상 속에서만 개성을 발휘하고 있었다.

약품실에 숨어드는 것이 버릇이 되었다. 점심시간에는 자물쇠가 잠겨 있지 않다는 것, 방과 후에도 20퍼센트의 확률로 문이 열려 있다는 것을 알았다. 다섯 명 있는 과학 선생 중의 한 사람이 건망증이 심한 것 같았다.

나는 약품에 대해 상당한 지식을 갖추어갔다. 성격이 다른 약품을 섞으면 화학변화라는 극적인 사건이 일어난다. 이를테면, 절구 속에 초산칼륨과 목탄과 유황을 75:15:10의 비율로 넣고, 깨를 부수듯이 절굿공이로 저으면 폭발한다. 연애는 예기할 수 없는 화학변화와 비슷하다. 나와 란코가 반응을 일으키면 대체 어떤 화합물이 나올까. 초산스트리키니네 같은 독약일까, 니트로글리세린 같은 폭약일까…… 어쨌든 나는 위험한 물질이 나오기를 바랐다.

여름방학에 들어가기 전에 나는 뚜껑이 달린 살모사 드링크제 병을 들고 약품실에 숨어들었다. 클로로포름이 필요해서다. 거즈에 적셔 사람 코에 갖다 대면 실신한다는 이 편리한 약품은, 가지고만 있어도 상상력을 촉발할 것이다. 나는 란코를 미행하여 사람들이 없는 곳에서 클로로포름을 갖다 대는 진부한 공상을 즐겼다.

그러나, 그날은 나의 호기심에 브레이크가 걸리고 말

앗다. 내가 숨을 죽이고 클로로포름을 빈 병 속에 붓고 있는데 누군가가 실험실에 들어왔다. 나는 양손에 병을 든 채, 암실로 도망쳤다. 그때 와이셔츠에 클로로포름을 흘렸다. 나는 암흑 속에 쭈그리고 앉아 숨을 죽이고 있었다. 마취약의 자극적인 냄새 때문에 콧구멍에서 뇌까지 백합꽃이 피어난 것 같았다. ……결코 불쾌하지는 않았다. 마취에 빠진다는 공포만이 불쾌할 뿐, 냄새는 너무 기분 좋았다.

실험실에 들어온 사람은 가려고도 않고 약품실로 들어오려고도 하지 않았다. 온몸이 땀에 흠뻑 젖은 것은 단순히 더웠기 때문이다. 클로로포름 때문인지 묘하게 대담해졌다. 약품실 문을 안 잠근 사람이 나쁘다. 책임을 져야 할 사람은 내가 아니라고 속으로 강변했다.

나는 암실을 나와 약품실 문쪽으로 다가갔다. ……남자와 여자의 대화가 들려왔다.

"아즈키, 다시 한 번 말해줘, 나를 어떻게 생각해?"

나는 그 자리에서 졸도해버리는 아쿠마 카즈히도를 상상했다. 아아, 해서 좋을 말이 있고 해선 안 되는 말이 있단다, 란코여! 그대는 대체 왜 아즈키 같은 놈을, 내가 버린 남자 따위를…….

대화는 계속되었다.

"좋아해. 그렇지만, 후지야마가 말을 걸어오리라고는 상상도 못했어."

"좋아하는 사람이 있는 건 아니지, 그렇지. 아즈키는 여자애들에게 인기가 있지만, 내가 좋은 거지?"

자기 자신을 선전판매하는 이 말버릇은 분명히 란코의 것이었다.

"응, 나도 여름방학에 들어가기 전에 후지야마에게 고백할 생각이었어."

아┐ 오나니에 미친놈이, 오나니를 소개해준 나의 은혜를 원수로 갚을 거야? 나는 약품실을 뛰쳐나와 란코를 럭비 볼처럼 끌어안고 도망치고 싶었다. 그리고, 그것이 물리적으로 가능하다는 느낌이 들었다.

"그럼 서로가 좋아한 셈이네. 우리, 어울리는 커플일까?"

"물론, 그렇지."

젠장, 너무 잘 어울리잖아. 이런 건 연애가 아냐. 흔해빠진 학원 드라마에 불과해. ……아즈키는 사나이답고 공중돌기도 잘한다. 란코는 글래머에다 단순한 우등생과는 달리 야성미까지 갖추고 있다. 확실히 이상적인 짝이다. 그렇지만 이 두 사람이 붙어서 니트로글리세린 따위가 만들어질 리 없다. 고작 사이다 정도일 거야. 젠장, 클로로포름을 뿌려버릴까 보다.

"우리, 좋은 라이벌이 될 수 있을 거야."

"나도 그렇게 생각해. 서로 헐뜯는 것보다는 정당하게 경쟁하는 쪽이 서로를 위해서도 좋은 일이고 또 즐거울 거야."

그건 그렇다 치고, 나는 이 경사스런 장면의 목격자가 되고 말았다, 라고 하기보다 나는 우연히도 두 사람을 결합시키고 말았다. 사귀는 상대를 고급품으로 선택하는 나의 취향이 우연을 불렀는지도 모른다.

나는 더 이상 가만있을 수 없었다. 두 사람의 건전성에 복수하지 않으면 안 되었다. 아쿠마 카즈히도는 떨떠름한 표정으로 두 사람 앞에 나타났다. 그 순간, 실험실은 진공상태에 빠져들고 세 사람은 동시에 숨을 멈추었다. 란코의 고통에 찬 비명이 터져나왔다.

"너, 뭐하는 거니, 숨어서 엿들었지?"

"치사해, 아쿠마."

아즈키의 얼굴은 의문부호를 가득 단 채 벌겋게 익어갔다. 나는 마누라의 불륜을 목격하고 얼이 빠진 남편처럼 그 자리에 몸을 들이밀기는 했지만, 무슨 말을 어떻게 해야 좋을지 몰랐다. 생각지도 않게 입에서 튀어나온 말은……

"사이다 마실래?"라는 일본어 비슷한 외국어였다.

"너, 대체 여기서 뭘 해? 무단으로 약품실에 들어오면 안 된다는 거 알지!"

"알고 있어. 그렇지만 나쁜 짓은 안 했어. 그런 귀신 같은 얼굴 하지 마. 그보다 친구들, 아주 멋진 인연을 맺었으니 셋이서 사이다로 축배를 들자구."

아쿠마 카즈히도는 나를 뒤로 밀쳐버리고 명랑하게 지껄였다.

"사이다가 어디 있는데?"

아즈키는 한 방 날리기 일보 직전의 구겨진 표정으로 그렇게 말했다.

나는 플라스크에다 예의 약품을 넣고 사이다를 3인분 만들어 세 개의 비커에 부었다. 아주 익숙한 솜씨다. 겨우 3분 만에.

"우리 세 사람을 위하여!"

나는 투덜거리듯이 외쳤다.

두 사람은 실험실과 사이다와 아쿠마 카즈히도의 이상

한 결합관계를 생각하면서 얼굴을 찡그리고 있었다.

"독이 아니니까 마셔."

내가 한 모금 들이키자, 두 사람은 신출내기 배우가 음독자살하는 장면을 연기하듯이 비커에 입을 댔다.

"이렇게 하여 우리는 동지가 되었어."

나는 마술사 같은 미소를 지었다.

"너, 우리 사이를 훼방 놓으려는 거지?"

아즈키는 옛 연인이 갖고 있을지도 모를 미련을 두려워하고 있는 것 같았다.

"훼방 놓을 리 있겠어. 자네들 관계에 대해 말을 퍼뜨리며 돌아다니지는 않을 거야. 내게 그런 악의는 절대로 없어."

악의는 언제나 웃음을 감추지 않는다. 나는 이제 더 극적인 실연을 하기 위해 란코의 주변을 맴돌아야 한다. 단순한 실연이어서는 안 된다. 실연의 형식이 사랑의 내용을 가장 웅변적으로 말해주는 것이다. 그냥 이대로 란코와 아즈키의 예정조화설적인 결합을 용인하는 것은……나 자신을 쓰레기통에 처박는 것과 다름없지 않은가. 연애가 잘 되어간다는 것은 정해진 틀에 사로잡힌다는 것이고, 거기서는 절대로 어떤 의외성도 나올 수 없지 않은가!

아쿠마 카즈히도는 아즈키와 연애하는 란코를 사랑하기로 결심했다. 그는 언젠가 두 사람에게 다가올 파국을 조장하고, 극적인 끝을 맞이하도록 꾀하면서 스스로도 그 파국에 참가하여 두 사람과 똑같은 감정을 맛볼 생각이었다.

여름방학 동안, 나는 두 사람에게 부지런히 전화질을 해댔다. 아버지가 삿포로에 출장가서 사온 그림엽서에, 가공의 여행 인상을 몇 줄 긁적여서 보내곤 했다.
그림엽서에 쓴 거짓말은 이런 것이다.

정말 덥군요. 나는 가족과 일주일 정도 홋카이도로 여행을 했습니다. 삿포로는 기후가 건조해서 그렇게 무덥지 않았습니다. 홋카이도대학의 은행나무(실제로는 포플러) 길가에는 아베크가 가득했습니다. 여행선물로 버터볼을 사왔으니 기다려주십시오.

엽서가 두 사람에게 도착할 무렵에 나는 전화로 란코만 불러냈다. 서쪽으로 기운 해님이 기다란 그림자를 그려내는 시각, 공원의 정자 아래서 그녀를 기다렸다. 물론 그녀가 버터볼 한 봉지에 넘어갈 정도로 단순한 여자가 아니라는 것 정도는 알고 있었기에, 아즈키에 관한 정보를 주겠다는 광고 카피를 덧붙였다.

"홋카이도 좋았니?"

30분 지각은 당연한 권리라는 표정으로 나타난 그녀의 한 마디였다.

"아이누의 춤을 보고 감격하고 말았어. 그리고 하코다테(函館)에서 게를 먹었는데 너무너무 맛있더라. 자, 약속한 버터볼이야."

나는 아버지에게 받은 선물을, 뇌물을 건네주듯이 그녀의 손에 쥐어주었다.

"걸으면서 이야기하지. 나는 아이를 싫어해."

나는 그네를 서로 차지하려고 싸우는 아이들을 보고 천치 같은 유치원 시절의 아쿠마 카즈히도를 떠올렸다.

"어린이는 귀여워."라고 그녀는 말했다. 나와 반대되는 것을 말하면 자신의 인격을 지킬 수 있을 것으로 생각한 모양이다. 너무 얄팍하다.

인적이 드문 골목길을 걸었다. 아즈키로 변신하고 란코의 애인 흉내를 내 어깨에 손을 올리려 했지만, 그녀의 방해로 실패하고 말았다.

"자. 아즈키에 대해 말해주겠다고 했잖니. 가르쳐줄 게 뭐야?"

그녀는 나와 안전거리를 유지하며 말했다. 아쿠마 카즈히도는 느릿느릿 가공의 중대 사실을 고백했다.

"실은, 아즈키, 호모 기질이 있어. 너에게는 쇼크겠지만, 2학년 때 나와 아즈키는 사이가 좋았어."

란코는 언제나처럼 덤덤한 표정을 가장하고 있었다. 그러나……

"아즈키랑 너랑 사이가 좋았다는 건 잘 알고 있어. 그렇지만 호모라니, 말도 안 돼. 여자한테 관심을 갖는 호모가 어디 있니? 나, 쇼크 같은 거 하나도 안 받아."

그녀는 티가 나게 부정할 정도로 쇼크를 받고 있었다.

"아니라니까. 여자와 사귀는 호모도 있어. 자신이 호모라고 생각하고 싶지 않으니까. 아즈키는 여자애들에게 인기가 있으니까 호모라는 게 발각나면 곤란해. 그러니까 사정상 너랑 사귀는 게 좋은 거라니까."

"넌 대체 왜 그런 말을 하니? 네가 호모니까 질투하는 거지. 아냐?"

란코는 눈초리를 치켜올렸다. 세발자전거를 탄 아이가 호기심 어린 눈으로 우리를 쳐다보면서 지나갔다.

"어린애는 정말 귀여워."

내가 그렇게 말하자, 그녀는 즉각 반론을 펼쳤다.

"어린애는 싫어!"

란코는 심각한 표정을 짓고 있었다. 어떻게든 나를 호모나 애인을 가로채려는 비겁자로 만들어 아즈키와 자신의 성을 지키려고…… 나는 절대로 그것을 허락할 수 없다. 나는 어떤 수를 써서든 두 사람의 성 안으로 들어가고 말 테다. 새끼줄로 사다리를 꼬아서라도, 땅에 구멍을 뚫어서라도…… 아쿠마 카즈히도는 다짐했다.

"아즈키는 나를 좋아해."

"아즈키는 아쿠마가 이상한 놈이라고 했어."

"그렇지만 우린 사이가 좋았지."

"역시, 너 질투하는 거야. 네가 바로 호모야. 아즈키는 너 때문에 곤란해진 거야. 비열한 짓 하지 마, 건전하지 못해. 비겁해. 그런 말은 그가 있는 앞에서 당당하게 말해야 해. 난 절대로 안 속아."

란코는 나를 향해 가시 달린 언어의 채찍을 휘둘렀다. 아쿠마 카즈히도는 내심 '더, 더 세게, 더.' 하고 외쳤다. 그는 꾸중을 들은 아이처럼 고개를 숙이고 있었지만, 혀 안쪽에 웃음을 감추고 있었다.

"너, 정말로 아즈키를 좋아하는구나. 그애 어디가 그리 좋아?"

"쓸데없는 간섭 하지 마. 이것 도로 가지고 가."

그녀는 민족의상을 입은 아이누 그림이 그려진 버터볼 봉지를 내밀었다.

"하나 정도는 먹어줘. ……그렇게 화내지 말고. 아즈키가 호모든 아니든 그대가 좋아하니까 아무 문제도 아니잖니. 그리고, 난 질투 같은 건 안 해. 나는 너와 아즈키가 잘 되기를 바래."

"속 들여다보이는 말 하지 마."

"정말이야. 그렇게 나를 몰아세우지 말아줘."

"몰아세우긴 왜 몰아세워? 그냥 네가 싫을 뿐이야."

"난 네가 좋아. 이전부터 널 좋아했어."

너무도 분위기 없는 고백이었다.

"그렇지만 나는 아즈키가 좋아."

"그래도 괜찮아."

여자는 멀어져가는 상대의 마음을 돌리기 위해 좋아하지도 않는 사람과 바람을 피우기도 한다. 애인에게 질투의 감정을 불러일으키고 싶은 것이다. 애인은 다른 사람과 사랑에 빠질지도 모를 나를 잡으려고 필사적인 심정으로 한층 더 사랑해줄지도 모르는 것이다. 나는 마치 란코의 편리한 불륜 상대를 자원하고 있는 것 같았다.

"아쿠마, 나더러 어떡하라는 거니?"

"지금 그대로 좋아. 무리하게 나를 좋아해달라고 말하진 않겠어. ……미안해, 내가 너무 불건전해서."

아쿠마 카즈히도로 바뀐 나는 사태를 어떻게든 그 정도에서 수습하려 했다.

"이상한 사람, 무슨 생각을 하는 거니?"

나는 아무 생각도 없었다. 아쿠마 카즈히도는 나랑 상관없이 열심히 실연당할 준비를 하고 있었던 것이다.

란코는 나를 상식이라는 근시안으로 보고 있을 뿐이다. 그녀는 나를 간단히 정리해버렸다.

"너를 쓸데없는 일에 끼어드는 친구쯤으로 생각해두겠어."

친구…… 묘하게 안정감이 있는 말이다. 친구 사이라면 쓸데없는 애정극을 벌이지 않아도 된다. 그럴듯한 배제방법이다. 승부는 나의 패배로 막을 내렸다. 나는 이제 아쿠마 카즈히도와 일치 협력하여 실연 폭탄을 떨어뜨리지 않고는 견딜 수 없다.

고등학교 입시를 위한 방학 보충수업이 끝나자 동급생들 대부분은 아침부터 학원을 다녔다. 란코는 아즈키와 같은 학원에서 수업을 받고 데이트를 하면서 매일을 보내고 있었다. 나는 방학 보충수업에도 나가지 않고 하루종일 집에서 에어컨을 벗 삼아 피서생활을 하고 있었다. 때로 너무 더우면 클로로포름을 호주머니에 넣고 외출했다. 여름방학 동안 열다섯 명의 여자를 미행하고 가공의 성범죄를 공상하는 놀이를 즐겼다. 이제, 여자에게 클로로포름 냄새를 맡게 하고 풀밭에 눕히는 상상도 지겨웠다. 클로로포름 병과 손수건을 여자에게 건네주고, 나를 마취시키게 하고는 멋대로 가지고 놀게 하는 장면을 상상하는 게 몇백 배 재미있었다. 언제 올지도 모를 그날, 또는 영원히 오지 않을 지도 모를 그날까지, 손수건에 클로로포름을 적시는 일은 없었다.

여름방학이 끝나면서 나는 고교입시 모의시험을 치렀는데, 컴퓨터의 분석에 의하면 지망학교 합격 가능성은 20퍼센트였다. 일반적인 중학생이 가장 심각하게 고뇌해야 할 문제였다.

열심히 수업을 듣고, 예습 · 복습을 철저히 하면 누구든 남 못지않은 사회적 동물로 성장할 수 있다. 학교에서는 영어, 수학, 국어, 과학, 사회, 예능, 체육을 서커스 식으로 주입받고, 동시에 동물에게는 아무 짝에도 쓸모없는 이성이라는 넝마를 둘러쓰는 방법도 배운다. 초등학교의 넝마는 러닝셔츠다. 중고등학교로 가면서 티셔츠, 와이셔츠로 바뀌고, 사회에 나오면 양복에 넥타이 형태를 띤 이성이라는 것을 몸에 두르는 것이 보통의 코스다. 이것이 평범해지는 방법이다. '평범한 것이 최고'라는 것은 게으른 까까머리의 의기양양한 얼굴에서 나오는 말이다. 그러나 나는 평범함을 습득하고 눈치 빠른 사회적 동물이 되는 것보다 기괴하고 어리석은 전위 예술 같은 동물이 되어 박해를 받는 쪽이 더 좋았다. 그럴 때의 아쿠마 카즈히도는 마음 든든한 나의 파트너였다.

그와 동시에, 나는 자신이 해프닝 그 자체가 되어가는 모습을 냉정한 눈으로 지켜보고 싶었고, 아쿠마 카즈히도라는 작품을 사람들에게 보여주고도 싶었다. 그러려면 아무래도 연구하고 발표할 장소가 필요했다. 학교라는 곳은 그런 점에서는 편리한 장소다. 시간낭비도 많겠지만 가능한 한 나를 꺼리는 관객이 있는 장소, 건전하게 학교 공부에만 열심인 학생들이 다니는 고등학교여야 할 필요가 있었다. 나는 무리하지 않으면 견딜 수 없는 성격이었기에…… 스스로 꼬리 끝에 불을 당겨 열심히 공부하기로 했다.

　바로 그때였다. 내가 담배를 피우기 시작한 것은. 때로, 캔맥주를 사 마시기도 했다. 담배와 술을 즐긴다는 것은 내가 일반적으로 비행이라고 불리는 영역에서도 우등생이 되었다는 증거였다.

　란코는 과학부 활동에도 나타나지 않았다. 아즈키와 란코는 귀갓길에 구립도서관에서 만나 서로 얼굴을 쳐다보며 공부하는 것이 일과였다. 나는 가끔 그 도서관에 가서, 두 사람을 쳐다보는 것을 유일한 낙으로 삼았고, 또 두 사람에게 들키는 것을 즐거워하면서, 사람이 바뀐 듯이 열심히 영어 참고서를 들여다보았다. 두 사람에게 나라는 존재는 있어도 그만 없어도 그만인 것 같았다. 아즈키에게서 '셋이서 아이스크림 먹으러 안 갈래.'라는 제안이 들어오기도 했다. 어쨌든 껄끄러운 관계로 변해야만 할 두 사람에게 뚜쟁이 분위기를 풍기는 나라는 존재가 의외로 편리하게 보였는지도 모른다. 특히 폭발 직전의 성욕을 란코에게 들키지 않으려는 아즈키에게, 내가 곁에 있어준다는 것은 하나의 구원이었다. 그는 내가 보고 있으면 안심하고 란코의 손을 잡고 머리칼을 쓰다듬었다. 나는 미소용의 이빨을 쭉쭉 기르고, 아즈키를 물어뜯을 송곳니를 혀 아래 감춘 채 두 연인을 지켜보았다.

이 두 사람을 어떻게 할까? 나는 어떤 실연의 길을 택하면 좋을까? 10월에 내가 직면한 문제는 그 두 가지였다. 몇 가지 해결 패턴을 벌써 머릿속에 그려두었다. 하나는 가장 상식적이면서도 도덕적인 결말…… 즉, 두 사람에게서 손을 떼고 앞으로 그들 주변을 어슬렁거리지 않는 것…… 이건 극적인 효과가 없다는 게 흠이다. 이른바 '아무 일도 없었던 것처럼'이란 놈이다.

또 다른 방법…… 이건 내가 뱀이 되는 일이다. 아담과 이브를 유혹하는 뱀. 뱀은 두 사람의 사랑을 가속시킨다. 이를테면 두 사람이 성교를 할 수 있도록 유도하는 것이다. 란코가 임신이라도 하면 학교에서 심각한 문제로 부각될 것이다. 양쪽 부모가 이야기를 나누고, 아마도 원활(인지 뭔지는 모르겠지만)하게 두 사람은 헤어질 것이다. 란코가 아기를 낳지도 않을 것이고, 아즈키가 란코와 결혼할 정도로 맛이 가지는 않았을 것이다. 첫째, 두 사람 다 아직 열다섯 살이고, 처녀가 아니라고 해서 훗날 결혼을 못하라는 법도 없다.

내가 두 사람에게 실연의 실마리를 제공하여 아무 뒤
탈 없이 정리해버리는 것이다. ……그러나 이 일은 너무
귀찮기도 하고 성공할 확률도 낮다. 나는 두 사람의 파국
에 편승하여 실연의 기분을 맛보는 정도일 테니, 이건 좀
김이 샌다.

그럼, 어떻게 하면 좋은가? ……나는 란코를 새치기할
기회를 엿보고 있었지만, 언젠가부터 모든 것을 아무것
도 없던 상태로 돌려버리고 싶어졌다.

10월에 운동회가 열렸다. 란코의 200미터 질주를 볼
수 있기에 즐겁기는 했지만, 나에게는 1,500미터를 달려
야 하는 고통이 더 큰일이었다. 우연히도 우리 반에는 지
구력 있는 사나이가 없었기 때문에, 내가 대표로 뽑혔다.
운동회 예행연습에서 모두가 그라운드를 가볍게 달릴
때, 나는 늘 전력 질주하여 솜씨를 뽐내곤 했는데, 그 벌
이 돌아온 것이다. 이미 결과는 예행연습에서 드러났다.
나는 육상부의 건각들에게 한 바퀴를 뒤지고 꼴찌로 테
이프를 끊게 될 운명을 지고 이 땅에 태어났던 것이다.
또 같은 레이스에 출전하는 아즈키는 2등이나 3등으로
골인하게 되어 있었고.

앨런 실리토(Alan Sillitoe)의 『장거리주자의 고독』의 겉표지를 읽어본 적이 있는 나에게는, 주인공의 일그러진 영광보다 톱으로 골인하기 바로 직전에 멈추어 서는 빠른 다리 쪽이 훨씬 매력적으로 보였다. 바로 코앞까지 온 영광을 거부하는 것은, 영광에 흠뻑 젖는 것 이상으로 사치스런 일이다. 누구든 찬스만 있다면 그렇게 하고 싶을 것이다. 그러나 아무나 할 수 있는 일은 아니다. 결국, 골인 직전에 그만둔다는 것은 주인공의 낭만적인 반항극에 지나지 않는다. 주인공이라면 소년원을 탈주하고, 비행소년의 간판을 내걸며 반항을 계속하는 것보다는 말 잘 듣는 척하면서 교묘하게 반사회적인 행동을 하는 쪽이 좋지 않을까. 아무래도 주인공은 다리가 빠르면서도 너무 성실한 것 같다.

운동회 당일, 하늘은 면도거품을 걷어내고 면도한 뒤의 푸르게 빛나는 얼굴색을 자랑했고, 태양은 비를 저주라도 하는 듯이 빛나고 있었다.

나는 아무하고도 이야기를 나누지 않았고, 응원부대에 끼어드는 것도 귀찮아 오도카니 다리를 감싸 안고 얌전하게 인형포즈로 앉아 있었다. 란코가 달릴 때만 몸을 내밀어 중얼거리면서 관전했다. '이변이 일어나지 않을까.' 하고. 그러나, 이번은 없었다. 란코는 1등으로 골인했다.

자, 이제 내 차례다. 스타트라인에 들어서기 전에 아즈키는 나에게 말했다.

"나를 따라와. 그러면 꼴찌는 면할 거야."

"싫어, 나는 일등으로 달릴 거야."

아즈키는 어깨를 치켜올리면서 웃었다.

스타트 총성이 울렸다. 나는 예행연습 때와는 다른 사람이 된 것처럼 달렸다. 나는 아즈키에게 거짓말을 하지 않았다. 아쿠마 하나만이 바람처럼 달렸다. 그는 처음 200미터를 단거리 주자처럼 달렸다. 그가 이윽고 숨을 헐떡이고 페이스가 다운되리란 것은 누가 보아도 명확했지만, 눈앞의 이변에 모두들 환성을 질렀다. 반 아이들이 앉은 곳을 지나갈 때는 '악마' 콜이 터져나왔다. 그는 300미터를 달리고 나서 지쳐버렸고, 뒤에서 다가오는 육상부의 규칙적인 발소리를 들어야 했다. 나머지 1,200미터, 그를 한 바퀴 따돌리려는 '엘리트 의식'이 다가오고 있었다.

아쿠마 카즈히도의 폭주에 나는 더 이상 따라갈 수 없었다. 나는 이제 곧 후속 러너들 모두에게 추월당하고,

그들의 발자국을 지우듯이 다리를 질질 끌면서 뛰어야 할 것이다. ……그때, 아쿠마 카즈히도에게 멋진 아이디어가 떠올랐고, 그 아이디어는 바로 실행되었다. 그는 육상부 선수가 옆을 지나가기 직전에 얼굴을 찡그리며 허벅지에 손을 가져다 대면서 너무 너무 아프다는 듯이 넘어졌다. 그 사이에 우승후보들은 앞으로 나아갔다. 내가 일어서서 다시 한 번 발을 질질 끌면서 뛰려 할 때, 아즈키와 또 한 사나이가 지나갔다. 아즈키는 '괜찮니.' 하고 나에게 한 마디 던졌다.

아쿠마 카즈히도의 전략에 따라 나는 가공의 근육통을 빌미로, 천천히 나의 페이스로 달릴 수 있었다. 무릎과 팔에 달라붙은 모래가 아쿠마 카즈히도가 기획한 아픔에 꽃을 장식해주었다. 1,200미터를 달리는 동안 나는 전원에게 길을 열어주었다. 나머지 300미터는 역시 나의 독주였다. 처음과 끝을 독주로 장식하는 이 예술적인 솜씨를 나 외에 과연 누가 할 수 있단 말인가? 내친김에 또 한 번 넘어져주려다가 문득 냉정을 되찾고 그만두었다. 교활한 획책이 드러날 위험이 있었던 것이다.

최후의 60미터, 트랙은 나 혼자만의 무대가 되었다. 여기저기서 박수가 터져나왔다. 나는 골인 직전에 달리기를 그만둘 아무런 이유가 없었다. 단지 땀과 모래가 뒤범벅이 된 채 죽을힘을 다해 달리는 폼을 잡으면 그만이었다.

레이스가 끝나자 나는 아즈키의 부축을 받아 양호실로 갔다. 양호 선생이 나의 허벅지를 마사지해주었다. 마사지하는 손길이 오히려 아팠다.

"아쿠마, 고생 많았지."

이게 누구의 목소리? 란코였다. 란코는 여태 나에게 한 번도 보여준 적이 없던 웃음 띤 얼굴로 서 있었다.

"다리가 아프지만 않았으면 꼴찌에서 두 번째 정도는 했을 거야."

"나, 지금까지 오해하고 있었는지 몰라. 아쿠마는 정말로 자기희생정신을 가진 사람이라고 생각해. 처음에는 엿보기 취미를 가진 이상한 사람이라고만 생각했지만, 우리 마음을 잘 이해해주고 있지 않은가 하는 생각이 들어."

란코의 말은 마치 아쿠마 카즈히도를 그냥 마음씨 좋고 우직한 사람으로 바꾸어버리려는 말처럼도 들렸다. 나는 란코의 몸에 나의 머리를 바꾸어 얹고 얼굴을 붉히지 않을 수 없었다.

양호 선생이 나의 허벅지에 약을 발라주었다.

"궁뎅이에는 바르지 말아주세요."라고 나는 말했다.

"아쿠마는 이런 친구야. 명랑하고 쾌활해. 너, 이제부터 악당짓 그만둬."

아즈키는 해설자가 되어 란코에게 말했다. 으스스한 한기가 느껴졌다. 나는 너무너무 부끄러워, 그 분위기를 페이퍼로 문지르기 위해 일본어적인, 너무도 일본어적인 말을 토해냈다.

"똥, 궁뎅이, 고추."

두 사람은 이제 서슴없이 나에게 인생 상담을 하기도 한다. 아즈키가 좀 변한 것 같아, 눈빛이 음침해졌어, 그걸 생각하고 있는 것 같아, 란코가 그런 고백을 해왔다. 아즈키는 아즈키대로 시험공부를 하고 있어도 손이 저절로 거기로 가게 된다고, 란코와 섹스를 하면 안정을 되찾아 공부에 열중할 수 있을 것 같다고 고백했다. 일단 들을 만큼 들어주었다. 삼박자로 맞장구를 쳐주면서. 그러나 두 사람은 이제 서로를 지겨워하고 있었다.

아버지는 접대 골프, 어머니는 내년에 사립 중학교에 응시할 동생이 다니는 학원에 면접을 가는 바람에 집에

나 혼자밖에 없는 일요일이었다. 나는 란코와 아즈키를 불렀다. 아즈키에게는 희망을 이루어주겠다고 하면서 미리 고무제품을 건네주었다. 비닐 포장지 위에서 바늘로 한 번 찔러 구멍을 내놓은 악의의 특제품을.

세 명이 모여 커피를 마시고, '시험이 끝나면 하이킹이라도 가자.'는 둥, 누가 한 말인지는 모르지만 어쨌든 죽이 잘 맞았다. 나는 때로 아즈키에게 눈길을 던졌다. 그는 긴장하고 있었다. 나는 두 사람을 내 방으로 안내하고, 베토벤의 〈영웅〉을 틀어주었다. 이제 어떻게 될지 그 누가 알겠는가?

아즈키는 나의 허벅지를 찌르면서 어떻게 하면 좋은지 지시를 내리라고 채근했다. 나는 아무 말도 하지 않고 있었다.

"화장실 어디야?"라고 그가 말했다.

나는 그를 계단 아래로 데리고 갔다. 성질도 급한 놈.

"화장실에서 콘돔을 하는 거야. 공기를 불어넣지 마. 찢어져. 란코 앞에 가기 전에 바지를 벗어두는 거야. 그렇게 해야 네 기분이 전해져. 자, 준비하고 와. 나는 그녀를 침대 위에 앉혀둘 테니까."

그렇게 말하면서 나는 미소용의 이빨을 드러냈다.

"괜찮아, 잘 될 거야."

나는 급히 방으로 돌아와 심각한 눈길로 란코의 얼굴을 바라보았다. 평소와는 너무도 다른, 자신감에 가득 찬 눈길이었다.

"왜 그래?"

그녀로서는 드물게도 나의 저의를 꿰뚫어보려 하지 않았다.

"란코, 나는 니가 너무 좋아, 좋아서 참을 수가 없어. 이전부터 포기하려고 했지만 도저히 그렇게 안 돼. 그대에게 도움을 주려고 아즈키를 돌봐준 거야. 그대 때문에 내가 얼마나 고뇌해왔는지…… 란코!"

이 목소리, 이 말은 대체 누구의 것인가. 남자도 아니고, 여자도 아닌, 물론 나도 아닌 누군가다.

나는 그녀가 불의의 습격을 받고 아연해 있을 찰라, 그녀의 가슴에 과감히 달려들어 바다에 빠진 사람처럼 허우적거렸다. 새의 날갯짓 같은 소리가 들린다.

"안 돼, 아즈키가 와."

란코는 당황하면서도 냉정함을 잃지 않고, 강력한 팔힘으로 아쿠마 카즈히도의 관자놀이를 잡고서…… 야자열매를 따듯 이리저리 빙글빙글…….

"잠깐, 그만!"

"사랑해."

나는 그렇게 외치면서 있는 힘을 다해 바닥에 앉아 있는 란코를 침대로 옮겨놓았다.

"이게 무슨 짓이야!"

기어이 새끼줄로 유리를 문지르는 목소리가…… 란코는 내 머리를 손바닥으로 힘껏 내리쳤다. 나는 그녀의 스커트 속으로 머리를 들이밀려 했다. 아즈키가 계단을 올라오는 소리가 들렸다. 그녀는 자신의 스커트를 잡아당기면서 다리를 버둥거렸다. 아즈키의 발소리가 다급해졌다.

"어이, 뭘 하는 거야!"

아즈키의…… 아니 누군지 알 수 없는 사람의 목소리가 들려왔다. 란코는 째지는 소리로 외쳤다.

"사람 살려!"

나는 일편단심 스커트 속으로 잠수하려 했다. 아즈키가 내 엉덩이를 걷어찼다. 강렬한 일격에 나는 침대에서 굴러 떨어졌다.

"아얏! 동지를 이렇게 차도 되는 거야!"

아쿠마 카즈히도는 당장이라도 울음을 터뜨릴 것 같은

표정으로 아즈키를 올려보면서, 곁눈질로 란코의 동태를 살폈다. 아즈키는 바지에 다리 하나를 넣는 둥 마는 둥 이층으로 올라온 것이다. 새로 산 팬티에 감싸인 고환 사이로 딱딱한 물건이 솟아올라 있었다. 란코는 벽에 몸을 기대고 어깨로 숨을 들썩이며, '사건'의 자초지종을 아무 말 없이 바라보고 있었다.

"무슨 생각으로?"라고 하면서 아즈키는 나를 축구공처럼 걷어찼다.

"잠깐 기다려, 부탁이야 내 말 들어봐."

나는 아즈키의 발목 아래에서 복종의 자세를 취하고, 그야말로 아양을 떠는 남창이 되어버렸다.

"나는 란코를 정말로 좋아했어. 그런데 네가 먼저 차지해버렸기 때문에, 나는 언제나 손가락을 빨면서 너희들을 바라보고 있었어. 용서해줘. ……아즈키가 란코와 섹스하는 걸 도저히 그냥 지켜볼 수 없었어…… 그렇지 않니? 나만 외롭게 떨어져나가야 하잖아. 아즈키, 우리 셋이서 하자!"

아즈키는 뻣뻣하게 선 채 마네킹이 되고 말았다. 바지를 벗지 않았으면 좋았을 텐데 하는 얼굴이었다. 고무로 덮인 탑이 커튼이 걷히기를 기다리고 있다는 것을 란코는 쉽게 추리해냈다.

"잠시 밖에 나가줘, 방해가 되잖아." 하고 나는 말해보았다.

그러자, 란코는 말했다.

"나, 집에 갈래."

그러나 움직이지 못했다. 중력이 보통 때의 세 배 정도나 작용하고 있어서 모든 것이 내려앉은 것만 같았다. 나는 선나야 광장의 라스꼴리니꼬프처럼 무릎을 꿇고 있고, 란코는 침대 위에서 벽과 무언의 대화를 나누고 있고, 아즈키는 두 사람 사이에서 허수아비가 되어 있었다. 누군가가 움직여서 이 수라장을 정리하지 않으면 안 된다. ……삼각형의 사랑은 산산이 부서지고…… 그러나 아즈키도 란코도 모든 것을 악몽으로 돌리고, 마치 아무 일도 없었던 것처럼 행동하고 싶었을 것이다.

나는 얼굴을 들고 아무 일도 없었다는 듯이 말했다.

"주스, 마실래?"

드깨비 이야기는 여기서 끝
사랑을 하려면 실연을
치욕과 영광을 휘 ― 섞어서

정도를 넘어선 나르시시스트는 자신이 슬픔에 빠지지 않으면 만족하지 못합니다. 곤경에 빠지면…… 자신이 좀 나아질 거라고……. 게다가 곤경(낯간지러움?)에 빠진 것이 저 혼자라는 생각을 하면 왠지 근질근질해져서 춤이라도 덩실덩실 추고 싶을 정도로 기분이 좋아지는 것입니다. 이제, 나를 곤경에 빠뜨린 놈 따위는 잊어버리고…… 아즈키도, 란코도 사라져버리고, 나만 홀로 남은 기분입니다. '이 세상은 나만의 것'이라 외치고 싶어지는 것입니다.

그 후 두 사람의 관계는 서먹해졌고, 헤어진다는 말도 없이 헤어져버린 듯하다. 나는 죄의식을 가지려 했지만, 가질 수 없었다. 나는 아무리 애를 써도 두 사람 사이를 갈라놓았다는 생각은 안 들었다. 역시, 나의 실연 상대는 란코가 아니라, 란코와 아즈키 커플이었던 것이다. 사랑하는 두 사람을 사랑한 아쿠마 카즈히도는 이렇게 하여 더 심각한 악당이 되어버렸다.

제3악장　도박사

　가족이나 친척, 친구들은 내가 일류라 불리는 고등학교에 합격한 것을 '요행' 또는 '웃기는 일'이라고 평했다. '사교술이 좋다'고 평하는 놈도 있었다.

　나는 세간에 통용되는 식으로 말하자면 하나의 고비를 무사히 넘긴 셈이다. 남은 일은 합격이라는 경사를 탕진하는 것뿐이었다. 평범한 고등학생이 되어버린 죄에 대한 보상일까. 아쿠마 카즈히도는 통속성에 매몰되려는 나에게 다다이스트적으로 돌을 던지려 했다.

　스포츠를 하자, 나는 갑자기 엉뚱한 결심을 했다. 중학 시절의 걸작, 삼각관계의 변주곡을 스포츠 무대에 재현하고 싶었다. 그것은 승패를 무로 돌리려는 노력으로 나타났다.

나는 농구, 축구, 핸드볼 등을 닥치는 대로 했다. 연습 시합에서는 상대 팀의 스파이처럼 움직였다. 고의로 엉터리로 패스를 한다든지, 자기 팀의 반칙을 유도하는 등……. 공식전에 출전할 기회를 잡지 못한 게 참으로 한스럽다. 나는 멍청하고 둔해서 후보 선수도 되지 못했다.

처음부터 끝까지 승패에 집착하는 스포츠는, 래디컬하게 어중간한 것을 지향하는 나에게는 그리 즐거운 놀이가 아니었다.

나는 승패와 열광과는 무관하게 행위하면서도 사색과 위험을 동시에 즐길 수 있는 스포츠를 찾아 나섰다. 그것은 보디빌딩도 요트도 서핑도 아닌, 등산이라는 놈이었다.

등산에는 현실과 동떨어진 생활감이 있다. 최소한의 생활물자를 짊어지고 일본 특유의 지지고 볶는 일상생활에서 도피하여 구름 잡는 기분, 또는 일종의 망막한 기분을 맛본다는 것이 상식인의 등산에 대한 감각일 것이다. 그런 사람들은 그냥 싸구려 식당이나 푹신한 침대나 역전이 아니라 폭포 옆이나 텐트 안, 생명줄을 건 암벽에서 먹고 자고 걸어보고 싶을 뿐이다. 주위의 경치가 달라지면 뭔지는 모르지만 자신이 달라지는 듯한 느낌이 든다. 그럴 때, 일상생활 속의 자신이 재주부리는 원숭이처럼 여겨져 서글퍼지는 것이다.

최초의 산행은 여름방학이 끝날 무렵인 초가을, 다니가와 산이었다. 신품 배낭, 새 등산화를 신고 어깨와 발뒤꿈치가 아파 몸을 비틀어대며 걷던 나는, 바위에서 떨어져 죽은 사람의 위령비를 보고 무엇을 느꼈던가……. 빨갛고 노란 헬멧을 쓰고 이치노구라의 단애에 매달려 있던 남자와 여자들을 보고 무슨 생각을 했던가……. 게다가 그날, 운도 좋게 눈 쌓인 계곡에 굴러떨어져 불행히도 전신타박상을 입고 들것에 실려가는 사람을 바로 눈앞에서 봐버렸으니. 실감을 동반하지 않은 추상적인 공포나 영화배우를 바로 눈앞에서 보았을 때의 그 선망과 설렘 때문에 나는 숨이 막혀버렸다. 저렇게 죽는 것도 나쁘진 않겠어. 조금만 더 멋지게 연출한다면 미시마 유키오만큼 세상을 떠들썩하게 만들 수 있을 거야. 아쿠마 카즈히도는 빈사상태에 빠진 중상자를 눈으로 배웅하면서 그런 생각을 했다.

"자, 그럼 일반등산로로 돌아갈까?"

그러면서 3학년 학생이 내 어깨를 툭 쳤다.

"록 클라이밍은 안 해요?"

"이래서 초심자가 무섭다는 거야."

산악부 여덟 명은 거대한 설곡을 곁눈으로 내려다보면서 산등성이를 묵묵히 걸어갔다. 그러나 능선에 들어서서는 도끼날 같은 바위 위를 걸어야 했다. 돌풍이라도 불면 줄줄이…… 아니, 종이처럼 날아가버릴 것이다. 나는 도박이라도 하는 기분이었다. 언제 돌풍이 불어올지, 오른쪽으로 떨어질지 왼쪽으로 떨어질지…… 죽음이 항상 손을 벌리고 바로 앞에 있는 듯한 느낌이 이렇게 사람을 흥분하게 만들 줄이야.

우연히 그날은 태양이 멋지게 내리쬐여 경치도 좋았다. 산과 계곡, 바위와 구름은 기하학적으로 조화를 이루고, 정적이 소란스런 음악을 연주해대고 있었다. 이 풍경은 초현실주의자들이 마음속의 풍경을 화폭에 옮긴 바로 그것이 아니던가. 내가 평소 친숙하게 지내던 도시 풍경과 표고 이천 미터 풍경과의 결정적인 차이점은 공기 속에 담긴 죽음의 분량이었다. 도시의 모든 장치들은 살아남기 위한 수단이다. 빈혈로 넘어져도 구급차가 온다. 배가 고프면 백화점의 식품 코너를 한 바퀴 돌면 그만이다.
물론 교통사고나 노상강도와 만날 위험은 있지만, 그것
은 순간적 일인데다 남의 일처럼 느끼질 뿐이다. 즉, 죽
음이 교묘하게 생으로 치환되어 있다. 그러나 산은……

  우리는 하산 도중에 눈을 만났다. 번갯불과 벼락이 동
시에 터져나오고…… 마치 거인이 와이어로프로 땅바닥
을 내려치는 것 같았다. 아마도 공습이란 이런 것일 거라
고 생각했다.

  산에서는 남의 집 불이라는 것이 없다. 불은 가까이서
타고 있다. 어물어물하다가는 그냥 타 죽고 만다.

  산행이 결정되면 계획을 세운다. 코스의 선택, 장비 점
검, 출발 2, 3일 전부터 일기도를 기록하고 컨디션을 조
절한다. 이것은 모두 살아서 돌아오기 위한 계산이다. 치
밀한 준비란 도박에서 이길 확률을 높이는 작업이다. 그
렇다면 그 반대의 논리도 성립한다. 일부러 조난당할 확
률을 높일 수도 있다. 비옷 하나만 두고 가도 살아 돌아
올 확률이 몇 퍼센트는 줄어든다.

  자신의 목숨을 룰렛에 거는 장면을 상상하면 될 것이
다. 등산가가 된다는 것은…… 러시아식 룰렛을 하는 것
과 같다.

나는 16년째 인생을 살면서 육체 단련에 열중하기 시작했다.

나는 건강하고 큰 병을 앓은 적이 없는 사람치고는 운동신경이 둔한데다, 남에게 약하게 보이기를 좋아하는 타입이다. 말하자면, 건강에 대해 핸디캡을 느끼고 있어, 고통이나 육체의 쇠약을 맛보는 즐거움을 애써 찾고 있다. 또, 만일 전쟁이 일어난다면 건강하다는 것을 후회하게 될 것이다. 정신적으로나 육체적으로 건강한 사람만이 전장에서 죽을 수 있다. 또는 핵전쟁이 일어나 순식간에 죽을 운명이라면…… 건강인이라 한들 별 유리한 점도 없다. 게다가 요즘은 약자 쪽이 우대받는 경우도 많고, 투쟁이라는 약자의 폭력 수단도 있다. 여자, 어린이, 환자, 가난한 사람…… 나는 이런 약자의 영광, 즉 남자를 박해하는 여자, 어른에게 싸움을 거는 어린이, 건강인이 볼 수 없는 것을 보는 환자, 부자가 절대로 할 수 없는 질서파괴를 아무렇지도 않게 해치울 수 있는 가난한 사람을 때로 선망의 눈길로 바라보았다.

그렇다고 해서 그런 유의 약자가 되고 싶지는 않다. 사회의 비호를 받으면서 콤플렉스를 무기로 삼는 것은 너무도 상식적인 행동이다. 그것은 약자를 가장한 침략이

나 다를 바 없다. 현대의 약자는 다른 방식으로 존재한다. 이를테면 아무 어려움 없이 자라 마음에 걸리는 콤플렉스도 없고, 뭐든 무난히 해낼 수 있는 청년이 있다고 하자. 그는 누군가에게 부러움을 살 것이다. 아니, 부러움을 넘어서 질투의 대상이 되어 마음이 심히 불편할 것이다. 그래서 그는 약자의 얼굴을 한 무리들의 비위나 맞추고, 때로는 일부러 줏대 없이 흐물거리지 않으면 살아가기 힘들 것이다. 능력을 완전히 살리면 공격받기 십상이다. 그렇다고 너무 적당히 하면 비난받는다. 그렇다면 눈에 드러나지 않은 현대 일본의 진정한 약자는 누구인가?

나는 정신적으로나 육체적으로 건전하다는 콤플렉스를 강렬하게 맛보고, 거기에 질려 약자의 얼굴을 한 침략자가 되어보고 싶었다. 사회적으로는 강자로 인정받는 사람의 고뇌를 맛보고, 거기서 발버둥쳐 약자 얼굴을 한 여우로 둔갑해보고 싶었다.

이것은 아쿠마 카즈히도가 나에게 보여준 순교의 각오였다. 있는 그대로의 상태를 피하려는 비장한, 너무 비장한 나머지 꼴 같지도 않은 의지.

육체를 단련했으니, 이제 나는 고통이나 쇠약을 이전보다 더 맛있게 즐길 수 있을 것이다. 굴복의 순간을 연장시킬 수 있는 체력이 있으니 고통을 더 길게 맛볼 수 있을 것이다.

나는 겉으로 보기에는 열성적인 산악부원이었다. 배낭에 콘크리트 파편을 넣고 계단을 왕복하기도 하고, 체육관 뒷담에 기대 록 클라이밍 해설서를 보거나, 웨이트 트레이닝에 열중하기도 하면서……. '산 사나이가 걸어가고 있다.', '아냐, 훼방꾼일 뿐이야.'와 같은 농담을 찬사로 여기면서, 그리고 여학생들의 웃음을 환호성으로 받아들이며 혼자서 묵묵히 아쿠마 카즈히도를 못살게 굴었다. 그런 나를, 심심해서인지 멍하니 혼자서 바라보는 이상한 취미를 가진 여자애가 있었다.

일요일은 당일치기 산행을 한다. 주로 산등성이를 걸었는데, 파트너가 있을 때는 계곡을 거슬러 올라갔다. 암벽등반에 맛을 들이면 산등성이가 지루해진다는 말은 정말이었다. 도박은 위험한 쪽이 재미있다. 불리한 입장에 몰렸을 때의 초조감과 후회, 그리고 그와는 정반대의 도취와 안락은 교향곡이 되어 나의 육체에 울려퍼졌다.

폭포수가 떨어져 내리는 암벽 옆을 오를 때, 무리하게 발을 옮기려 하다가 허벅지를 너무 많이 들어올려 다리에 쥐가 난 적이 있었다. 약 5미터나 올라온 상태였기 때문에 내려갈 수도 없었다. 나는 한 손으로 허벅지를 마사지하면서 밀교승의 고행처럼 같은 포즈로 암벽에 달라붙어 있었다. 폭포를 다 올랐을 때는 오른쪽 반신이 완전히 물에 젖어 있었다.

또, 폭포수에 떨어지기도 했다. 마침 손을 뻗은 곳에 지렁이가 기어가고 있어서 놀란 가슴에 급히 다른 틈으로 손을 뻗었는데, 공교롭게도 약한 곳이라 콘센트에서 플러그가 빠지듯이 바위가 쏙 하고…… 나는 물에 빠진 사람이 잡는다는 지푸라기를 공중에서 허망하게 찾으면서 엉덩이부터 물속으로 떨어졌다. 거기에 폭포물이 없었더라면 엉덩이는 돌에 부딪혀 박살이 나고 말았을 것이다.

나의 록 클라이밍 열병은 심상치가 않아, 잠의 세계까지 침투해 들어올 정도였다. 내가 바벨탑에 올랐던 이야기를 해주겠다.

학교에서 돌아왔는데 갑자기 바위가 보고 싶어졌다.

나는 교과서를 들고 깊은 숲 속을 걸어가고 있었다.

'바벨탑까지 500미터'라는 화살표를 따라 희미한 거미줄 커튼을 헤치고 나아갔다. 작은 새들이 온갖 소리로 노래하고 있었다. 나는 작은 새들이 이렇게 요상스럽고도 고뇌에 찬 소리를 내면서 우는 줄은 몰랐다. 맨 처음, 숲에서 요정이 살고 있다고 생각한 사람은 누구인가. 그는 실제로 그 아름다운 모습을 보았다고 집요하게 주장할 만큼 리얼한 망상을 품었을 것이다. 내 망상 속의 요정은…… 플라스틱제였다. 왠지 인공적인 것을 떠올리지 않으면 이 컴컴한 자연의 숲이 무서워 견딜 수가 없었던 것이다.

바벨탑은 갑자기 내 눈앞에 나타났다. 그것은 탑이라고 하기에는 너무도 거대한 건조물로 맨 밑은 도시인 듯했다.

탑의 내부는 관광지를 방불할 정도로 번잡했고, 식당이나 식료품점이 들어 차 있었다. 나는 식량을 사고 등반 기구(하켄, 카라비너)를 갖춘 다음 장비를 점검했다. 교과서는 코인로커에 넣었다.

"탑 안에는 계단과 엘리베이터 시설이 되어 있어서 처음부터 하켄을 박고 오를 수는 없지. 엘리베이터는 그리 높은 곳까지 가지 않고, 계단도 중간에서 끊어지고 말지만, 어쨌든 거기서부터 벽을 타면 될 거야."

스포츠용품 점원이 그렇게 말했다. 나는 그렇게 하마고 대답하고 바로 엘리베이터 타는 곳으로 갔다.

이백 명 정도 타는 엘리베이터는 도중에 승객이 바뀌기도 하면서 백 미터 정도 올라가서 멈췄다. 종점이었다. 나는 바로 계단을 오르기 시작했다. 인적이 드물어지면서 나의 발걸음 소리만이 메마르게 울렸다. 계단은 점점 어둡고 좁아졌고, 추워졌다. ……그런데 갑자기 사람들이 떠드는 소리가 들렸다. 계단을 뛰어 올라가자 선술집이 나왔다. 거기서 잠시 쉬기로 하고 음료수를 주문해서 가지고 간 음식을 먹었다. 벽에는 '자살명소 바벨탑 관광'이라는 전단지가 붙어 있었다.

"지금부터 위로 오를 건가?"

옆자리에서 술을 마시고 있던 눈썹이 하얀 노인이 나에게 말을 걸어왔다. 내가 말없이 고개를 끄덕이자 노인은 이빨도 없는 입을 벌레처럼 옴지락거리며 말했다.

"아직 젊은데."

"아니요, 아니요, 나는 자살하러 온 게 아닙니다."

"그래. 오늘도 세 명이 자살했어."

"세 사람이나…… 투신자살입니까?"

"흠…… 조심하게. 위에는 대단한 미인이 살고 있는데 말이야. 클라이머를 유혹해. 유혹에 빠진 사람은 두 번 다시 돌아오지 못하지. 흠흠."

"만일 돌아온다면 얼마 주시겠어요?"

"내가 지불하지 않더라도 여자한테서 슬쩍해오면 돼."

"그래요…… 돈 벌 수 있게 해주시다니 고맙습니다."

그렇게 말하고 나는 이빨도 없이 기분 나쁜 웃음을 짓는 노인 곁을 떠났다.

계단은 술집 위로 약간 더 이어지다가 이윽고 끊어졌다. 철문을 열자 좁은 발코니가 있고, 그 위는 거대한 돌들을 콘크리트와 아스팔트로 고정시켜 박아 넣은 탑의 벽이 끝도 없이 뻗어 있었다. 나는 깊이 숨을 들이쉬고 벽을 오르기 시작했다.

나는 바벨탑이 하늘에 끝에 닿아 있다고 믿을 만큼 순진하지는 않았다. 탑의 정상에 도착하든지, 내가 오르기를 그만두든지 어느 쪽일 것이라고 생각했다. 그렇지만 그런 지상의 상식은 바벨탑에서는 통하지 않을 것이라는 생각도 들었다. 결말이 어떻게 날지 예측할 수 없었기 때문에 나는 더더욱 무상의 열정에 휩싸여 탑을 오를 수 있는 것이다.

작은 발코니가 한층 작게 보일 쯤에, 철창이 달린 작은 구멍을 발견했다. 속을 들여다보니 좁은 철제 침대가 하나 휑하니 놓여 있었다. 어쩐지 영화에서 본 감옥 같았다. 그 영화에서는 아마도 정치범이 수용되어 있었던 것 같다.

"누구 없어요?"

소리를 질렀지만 대답이 없었다. 그래서 다시 오르려 하는데 공포관의 인형처럼 얼굴에 붕대를 칭칭 감은 수염 난 사나이가 철창에 얼굴을 내밀었다. 너무도 갑작스러운 사태에 달라붙어 있던 벽에서 한쪽 발을 헛딛고 말았다.

"아아, 위험하잖아요! 사람 놀라게 하지 마세요."

"자네 뭘 하고 있나?"

"보시다시피 바벨탑을 올라가고 있습니다."

"나를 구하러 온 게 아니고?"

"여기 갇혀 있는 겁니까? 혼자."

"그렇다네. 아무 죄도 없이."

"당신을 어디선가 본 적이 있는 것 같은데요."

"나는 시인……."

"혹시 아폴리네르 씨?"

"잘 맞혔어."

"만나뵙게 되어 영광입니다."

나는 철창문 너머 그와 악수를 나누었다.

"그렇다면 여기는 라산테 형무소…… 당신이 무죄라는 사실이 밝혀질 것입니다."

"그건 나도 알아. 여기서 일어나는 모든 일은 처음과 끝이 정해져 있어."

"뭐라고요? 재미없잖아요. 그럼, 미래를 모르는 사람은 나뿐인가요?"

"젊은이란 다 그런 거야. 그런데, 자네 연필 같은 것 없나?"

"가지고 있지요. 잠시만 기다려주세요. 호주머니에…… 여기."

"이걸 나에게 줘. 시를 쓸 연필이 없어서 말이야…… 이제 됐어. 음, 자네는 기껏 예정조화설의 굴레에서 농락 당하는 존재가 되길 바래."

나는 반쯤 혀 차는 소리를 넣어 아폴리네르에게 작별 인사를 했다.

문득 밑을 내려다보고, 나는 소년 잭의 용기를 다시 평가했다. 어느새 하계는 걸리버가 갔던 난쟁이 나라로 변신했고, 때로 공룡 같은 까마귀가 겨드랑이 곁을 스쳐지나갔다.

팔이 피로해서 하켄을 박고 상체를 바위에 고정시켰

다. 위를 올려다보니 탑은 구름을 뚫고 태양을 쑤시는 이쑤시개처럼 우뚝 서 있었다. 기온은 꽤 내려가 있었다. 하켄을 박는 손이 얼어붙고 콧물이 줄줄 흘러내렸다. 그 사이에 안개도 깔렸다. ……그때 여자의 노랫소리가 들려왔다. 아름다운 목소리라기보다는 귀여운 목소리였다. 아까는 몰랐지만 머리 위에 빨래가 널려 있었다. 레이스 달린 슬립과 스캔티(극단적으로 짧은 팬티)가 빨랫줄에 걸려 있고, 작은 창으로 여자가 몸을 내밀고 있었다.

"당신을 가슴 졸이며 기다리고 있었어요."

나는 노인의 충고를 떠올리고 여자를 무시하려 했지만, 클로로포름을 떠올리게 하는 현기증 나는 냄새 때문에 여자를 쳐다보고 말았다. 여자는 안개를 옷처럼 두르고 있었다. 발가벗고 있었던 것이다.

"쉬었다 가요."

여자는 내 팔에 손을 갖다 댔다.

"나를 유혹해도 소용없어."

"유혹하게 해주세요. 수상한 사람이 아니니까요. 다른 집보다 싸요."

"싸다고?"

"오천 엔이면 돼요."

돈을 받는다면 이 여자는 아까 노인이 말한 마성의 여자와는 다른 창녀일 것이다. 게다가 쳐다만 보아도 가슴이 두근거릴 정도도 아니다. 그녀가 나의 아내라면, 나는 다른 사람들에게 자랑할 수 없을 것이다. '단 한 번 즐기는 정도라면 괜찮지 않을까.'라는 생각이 들었다.

그녀의 방은 얼굴이 간지러워지고 붉어질 정도로 속된 소녀 취향으로 통일되어 있었다. 푸른 물방울무늬의 벽, 튤립무늬의 침대보, 그리고 조금 찌그러진 듯한 개와 고양이 인형…… 시골을 떠나 도쿄에서 혼자 살아가는 여자가 이런 느낌을 주는 다다미 여섯 장짜리 단칸방에서 생활하는 것이다.

밀크 빛 피부에 톡 튀어나온 젖꼭지가 달려 있었다. 포르노 영화에서 충분히 통용될 만한 젖꼭지였다. 안개를 바라보는 듯 초점이 모호한 눈이 졸리는 분위기를 자아내고 있었다. 어디선가 본 듯한 얼굴…… 그래, 내가 트레이닝하는 모습을 지켜보는 그 여자애와 닮았어.

"너, 여기서 살고 있니?"

"그래, 혼자서 외롭게."

"하계에 내려가면 되잖아."

"그렇게는 안 돼. 생각해봐, 여기는 바벨탑이야."

그녀는 몹시 쾌활하게, 절망을 즐기는 것처럼 말했다.

"바벨탑이 어쨌다는 거야?"

"바벨탑에 사는 사람은 여기서 도망칠 수 없는 숙명을 가지고 있어."

"아, 그래. 나야 관계없지. 주민이 아니니까."

"너도 숙명에 따라야 해."

나는 그녀의 말에 어떤 함정이 숨겨져 있음을 직감하고, 나도 모르게 억지로 웃어 보였다.

"그건 그렇고…… 화제를 바꾸자. 바벨탑은 이 위가 어떻게 되어 있니?"

"공사중. 그렇지만 하늘 끝에 도달하기 전에 탑은 무너질 거야."

그녀는 당연한 말을 했다. 조금이라도 냉정하게 생각하면 누구든 알 수 있는 일이다. 작은 돌을 쌓아올려 탑을 만들어도 결국에는 중력의 작용으로 무너지게 되어 있다. 가령 고도의 기술을 개발해서 암석을 들어올리는 특수한 크레인 같은 것으로 탑의 구조를 견고히 한다든지, 중력의 영향을 감소시키는 이론 따위를 고안해서 건설한다고 하자. 그러나, 하늘에 종점을 만들지 않는 한 아무 소용이 없다. 성층권을 지나 전리층에 이르면 끝나는가? 달까지 다리를 놓으면 되는가…….

"인간은 바보야. 아하하하. 그러나 그대도 바보다. 바
벨탑이 무너지면 여기 사는 인간도 모두 죽고 말 텐데."

"그것은 숙명이야. 바벨탑의 번영도 이제 끝장이야."

"쳇, 숙명인가. 나는 그런 걸 가장 싫어해. 돌아갈 거
야. 바벨탑이 뭐라고. 이런 동어반복을 해봐야 아무런 도
움이 안 돼."

"인간은 원시의 자연으로 돌아갈 수 있을까?"

"그래서 어쨌다는 거야. 실은 나는 말이야. 바벨탑을
폭파하러 왔어. 이런 동어반복의 세계는 내가 부수고 말
거야. 그러는 편이 너희들 주민에게도 한층 기분 좋은 일
일거야."

오늘은 너무 말이 잘된다. 생각지도 않은 멋진 말을 하
고 있었다.

나는 다시 오르기 위해 일어섰다. 그러자 그녀가 손을
내밀며 말했다.

"용돈 좀 줘."

"난 아무것도 안 했어."

"하건 않건 오천 엔."

나는 돈이라고는 한 푼도 없었다. 그녀는 나의 팔에 달

라붙어 놓아주지 않았다.

"이거 놔. 나는 바벨탑의 주민이 아냐. 바벨탑 그 자체라고. 난 이 탑과는 아무 관계도 없어. 독립된 하나의 바벨탑이다. 이거 놔."

"죽으면 안 돼. 여기서 일이라도 해서 오천 엔 갚아줘."

"귀찮게 왜 이래. 그럼 좋아."

나는 그녀의 유방을 두 손으로 움켜쥐고 스모 선수처럼 앞으로 돌진해 그녀와 함께 작은 창문 밖으로 몸을 던졌다. 그러나, 두 사람은 떨어지지 않았다. 여기서는 중력이 작용하지 않는단 말인가? 어느새 그녀는 사라지고 없었다.

나는 어쩔 수 없이 바벨탑에 살게 되었다. 그녀의 방은 어느새 내 방과 비슷해져버렸다. 나는 교과서를 밑의 코인르커에 그냥 내버려두었다는 사실을 떠올렸다. 며칠이나 내버려두면 요금이 올라간다고 생각하고 가지러 가려고 문을 열었더니, 옆집 아주머니가 '안녕.' 하고 인사했다.

1년쯤 고등학교 생활을 해보니 대충 그 정체를 알 수

있었다. 이 고등학교는 8년 전에 무슨 분쟁이 일어나 기동대가 초대된 적이 있었다. 그 당시의 내음이 서클 건물 벽에 담배 냄새와 함께 배어 있다고, 어느 선배가 보기라도 한 것처럼 거짓말을 했다.

나는 같은 중학교를 나온 선배가 있는 신문연구부에 가끔 얼굴을 들이밀었는데, 그런 작위적인 냄새가 코를 자극했다. 벽에는 '조반유무리(造反✗無理)', '힘껏 싸우다 쓰러지면 손해', '고등학교를 사버리고 싶어'라는 문구가 적혀 있었다. 이것은 페인트로 얼룩진 무슨무슨 공구점의 헬멧을 덮어쓰고 정신봉으로 무장한 이전의 싸움패들이 쓴 것이 아니라, 그들의 8년 후배들이 달리 할 일이 없어 심심풀이로 쓴 것이다.

신문연구부 안에는 문예부라는 끽연 클럽이 있어서 일종의 사교장 역할을 하고 있었다. 사람이 모이면, 카드나 인생 게임을 벌이는 곳이었다. 대학 수험을 앞두고 휴식을 즐기는 경로당 같은 곳이라고나 할까.

개중에는 나에게 이런 질문을 던지는 노인성 문학 청년병에 걸린 사내도 있었다.

"그대는 무엇 때문에 산을 오르는가?"

"그대는 왜 소설을 쓰지요?"

나는 대답 대신에 이렇게 질문을 던졌다.

"진짜로 살고 싶기 때문이야. 이 세상이란 모조리 거짓투성이니까 말이야. 소설을 쓸 동안이라도 진짜로 살고 싶어. 자네도 그렇지. 확실한 생의 느낌을 갖기 위해서 산을 오르는 거지."

그는 자신만만하게 말했다.

"그렇지 않아요. 나는 죽을지도 모른다는 기대감 때문에 산에 올라요."

"죽고 싶다는 놈은 사실 가장 죽고 싶지 않은 놈이지."

"죽고 싶다는 말은 하지 않았어요. 나는 죽음을 농락하기를 좋아해요."

"자네, 배우로구먼. 자신마저 속이고, 이렇게 김빠진 일상을 넘어서기 위해 자신의 내면을 응시하고, 자신의 무의식을 개척하려는 거야. 더 솔직해져."

"그런가요. 맞는 말이라고 생각해요. 나는 자신에게 거짓말만 하고 있어요. 그러나 자신에게 솔직해진다는 것은 자신에게 속임을 당하고 있음을 인정하는 것과 다를 바 없잖아요. 나는 솔직한 거짓말쟁이가 되고 싶은 겁니다."

"무슨 말이야. 너에게는 진심이라는 것도 없단 말이

야?"

"있지요. 교묘하게 거짓말을 해서 자신을 속이고 싶은 진심이지요."

"말이 안 되는군."

열여덟 살의 사이비 노인은 말했다.

멋진 놈은 범죄자.

거짓말쟁이는 인격자의 첫걸음.

진심, 진심이라는 거짓말은 그만둬.

운동부원들도 단순한 사고회로의 소유자들이었다. 축구공을 차고, 라켓을 휘두르고 있을 때만 다른 사람이 된 듯한 기분에 젖는다. 땀 한 번 흘리고 카타르시스……. 청춘의 추억? 어딘가 월급쟁이 냄새가 난다. 그것도 특출하게 말 잘 듣는 놈. 반항은 하지만, 금방 속임수에 넘어가는 놈. ……그래서는 안 된다. 한 번 거짓말을 하면, 한 번 변신을 시작하면, 영구운동에 들어간다는 것을 각오해야 한다. 바벨탑은 무너질 때까지 계속 쌓아올려야 하는 것이다.

나의 육체는 변했다. 가슴둘레는 5센티미터 정도 커지고, 체중이 4킬로그램 늘었다. 돌을 채운 배낭을 짊어지고 트레이닝을 한 덕분인지 아무것도 넣지 않으면 너무 가벼웠고, 보통 걸을 때도 스케르초의 경쾌한 발걸음이었다.

겨울 산도 체험했다. 길도, 조릿대 숲도, 꽃밭도 없는 차가운 하얀 페인트로 뒤덮인 세계에 발자국을 남기는 것은 특권적인 유희였다. 나는 자진해서 선두에 서서 제설차가 되었다. 또, 모래에 몸을 묻는 여름 해변가의 놀이를 겨울 산정에서 눈으로 해보기도 했다.

산악부 가운데서 내가 체력적으로 가장 뛰어났다. 물론, 이런 체력은 싸움하기 위한 것도, 가혹한 훈련 속에서 살아남기 위한 것도 아니었다. 이끼가 낄 틈도 주지 않고 끊임없이 솟구치는 에너지. 그것은 아쿠마 카즈히도와 내가 서로 배반을 주고받기 위한 에너지였다.

그리하여 나도 2학년이 되어 후배를 맞아들이는 입장이 되었다. 봄부터 초여름에 걸쳐 학생들은 일제히 발정기를 맞는다. 복도나 교실, 서클에서는 암묵적인 합의하에서 집단 미팅이 행해진다. 볼록 이온과 오목 이온이 이상적인 화합을 지향하며 방황하기 시작하고, 편지나 전화나 중개인이라는 도구를 이용한 왕성한 거래가 벌어진다. 나도 여자를 필요로 했다. 자신이 여자가 되는 기술을 익힐 만큼 여자를 알지 못했고……라기보다는 육체를 단련하고 있었기 때문에 도저히 오른손으로는 처리가 불가능할 정도로 성욕이 넘쳐났다.

내 꿈에도 등장한 여자, 내 모습을 관찰하는 취미를 가진 여자를 일단 H라고 해두자.

나는 H를 가상의 연인으로 삼아도 좋다고 생각했다. 나는 자의식의 병이 있기 때문에 '저 애는 내 아기를 갖고 싶은 거야.', '나를 자신의 아기로 삼고 싶은 거야.'라고 생각하는 경향이 있지만, 좀 접어주고 말한다 해도 그녀는 분명 나에게 빠져 있는 것 같았다. 그녀는 반년 이상이나 나를 관찰하고 있다. 내가 H를 가상의 연인으로 삼는 것은 당연한 일이다.

어느 맑은 날이라고 하자. H의 친구 같은 여자애가 다가와 말했다.

"잠시 할 얘기가 있는데."

역시 그랬어. 나는 내심 득의에 찬 웃음을 지으면서 그녀의 말에 귀를 기울였다.

"2학년 A반의 구보다 마유미, 알아?"

"알고말고. 얼굴이 희고 머리가 긴 애. 자주 운동장을 왔다갔다하고."

나는 확신하고 있었다.

"에…… 마유미는 얼굴은 하얗지만 숏컷인데."

"언제 잘랐을까?"

"이전부터."

나의 예상은 빗나가고 만 듯했다.

"그런데, 그 애가 뭘 어쨌는데?"

"편지 부탁을 받았거든, 읽어봐."

여자애는 나에게 봉투를 건네주고 달려가버렸다.

나는 얼굴 없는 여자의 정체를 알아보려고 편지를 읽었다.

입학한 다음 날부터 나는 오로지 당신만을 생각하고 있습니다. 요즘의 나에게는 당신이 하는 모든 일이 아름답게 보입니다. 배낭을 짊어지고 러닝하는 모습도, 도서관에서 시원스런 눈길로 책을 읽는 모습도…… 너무 멋진 당신에게 너무 어울리지 않는 사람이겠지만, 이런 여자애가 있다는 것만은 기억해주세요. 당신과 만나고 싶습니다.

— 아쿠마 카즈히도님께, 마유미가

나에게 반하는 여자는 심술이란 껍질을 살짝 덮어쓴

호기심 왕성한 속물이 아닐까. 나는 그보다 마유미라는
여자가, 내가 일반적인 연애를 할 수 있는지 없는지 시험
하는 거라고 생각했다. 그렇지 않으면 이런 연기과잉의
편지를 보낼 리 없다.

"간단히는 넘어가지 않을걸."

아쿠마 카즈히도는 그렇게 말하고 싶어했지만, 나는
그녀가 마련한 연애라는 링에서 룰대로 힘껏 뛰어보는
것도 나쁘지 않다고 생각했다.

편지를 받은 지 3일 후에 그녀는 내 앞에 모습을 드러
냈다. 뭐라고 할까…… 짙은 어둠이나 강렬한 향기 속에
서는 그런대로 아름다움을 자랑할 수 있는 얼굴이지만,
밝은 곳에서는 세부적으로 조잡함이 눈에 띄는 그런 여
자였다.

마유미는 나를 찻집으로 연행하여 천천히 심문을 시작
했다. 취미는? 음악 좋아하니? 좋아하는 작가는? 최근에
어떤 영화를 보았니?

그 일련의 질문은 모두 효과적인 자기소개를 위한 수
단이었다.

"록 클라이밍을 즐기고 있어."

내가 그렇게 말하면 그녀는 이런 식으로 대답한다.

"그러니, 정말. 나도 그래. 몸을 움직이는 것이 좋아서 농구부에 들어갔는데, 수영 클럽에도 다녀. 너는 산악부. 남자다운 스포츠라고 생각해. 산 사나이 중에 나쁜 사람은 없다고 하잖니. 나도 한 번 하이킹 가본 적이 있는데 산은 정말 좋더라."

편지의 내용과는 다른 사람처럼 그녀는 능숙하게 주절거렸다.

"산은 정말 좋지. 산타기에 익숙하지 않은 사람이 높은 곳에 올라가면 별 볼일 없어 보이는 것이 아주 즐겁지. 평지에서는 멋져 보이는 사람은 대체로 산에 올라가면 별 볼일 없어져."

"나도 별 볼일 없어질까?"

"글쎄? 그렇지만 나는 바다나 풀에 가면 별 볼일 없어져."

"그럼, 어느 쪽이 별 볼일 없어지는지 시험해보지 않을래요."

그렇게 말하면서 입술 주위에 주름을 만들었다. 아마도 웃고 있는 모양이다.

이렇게 하여 우리는 바로 그 자리에서 커플이 되었다. 마유미의 속이 빤히 들여다보이는 연기가 값싼 유령의 집을 닮았다는 생각이 들었다. 나도 나지, 그런 유령의 집에서 방긋방긋 웃으면서 캮! 살려줘, 하고 비명을 질러대고 있었다. 그녀는 일상생활을 아름답게 장식하기 위해 로맨스드라마의 디테일을 자신의 생활에 살려내려고 애쓰고 있었다. 내 눈에 그 의도가 빤히 들여다보이는 만큼 연애의 연습곡으로는 괜찮다는 생각이 들었다.

우선 나는 마유미에게 빠져버린 얼간이 행세를 하기로 했다. 트리스탄처럼 애정을 바치기에 마유미가 합당한 존재인가 아닌가는 묻지 않기로 했다. 그렇잖아, 그녀가 너무 불쌍하잖아. 나는 '자, 지금부터 연애 시작!' 이라고 과장된 몸짓을 하기보다는 그냥 돌아가는 형편만 살피는 데 전념했어야 했다. '여기 앉아 있는 사람은 그대를 좋아하는 것 같아.' 라고 익명의 고백을 했더라면 어느 정도 거리를 둔 연애가 가능했을 텐데 말이다.

나는 요코하마의 모토마치나 항구가 내려다보이는 언덕을 내가 짠 장갑처럼 그녀의 손에 쥐어주며 데이트를 하고, 쇼핑을 했다. 그녀는 나의 반응을 즐기기 위해 속옷 파는 가게 앞에 멈춰 섰다.

"같이 들어가지 않을래? 아니면, 밖에서 기다리든지?"

나는 얼굴을 붉히고 싶지는 않았다. 팬티 따위를 남자

와 같이 사러 가다니? 그 정도로 친한 관계도 아니면서. 이건 그냥 중년여자의 유혹 방법이다. 내가 어느 쪽을 선택하더라도 마유미는 심술궂게 웃을 것이다.

"나도…… 같이 봐줄게. 무슨무슨 색깔을 좋아하니?"

아쿠마 카즈히도는 천성적인 연기력으로 더듬거리면서 말했다.

"농담이야. 정말 들어가보고 싶어?"

나는 순진한 고등학생처럼 속옷 가게 앞을 떠났다.

일요일의 공원이나 번화가는 커플들의 카탈로그였다. 나와 마유미는 정통적인 타입에 속하는 커플 중 하나였다.

남자도 여자도 빗나간 로또.

연애를 해도 빗나간 로또.

어떻게 하면 당첨이 될까?

나는 우산으로 분수의 깊이를 재보기도 하고, 서로 팔을 얽어매고 아이스크림을 핥기도 하면서 그녀의 기분을 맞춰주었다. 아무래도 내게는 여왕의 하인이 될 재능이 있는 듯하다.

6월에는 함께 풀에 갔다. 내가, 수영을 제대로 배우지 못해 폼이 형편없을 것이라 예고하자, 아쿠마 카즈히도는 서툰 몸짓으로 알맞은 연기를 해보였다. 그녀에게 양손을 잡힌 채 열일곱 살의 초등학생이 되어 발 놀리는 연습을 했다. 그녀는 나의 서투른 모습을 보며 코미디를 보듯 웃었다.

7월에는 마유미를 데리고 산으로 갔다. 그녀는 큐롯 스커트에 가벼운 스니커 차림으로 샌드위치 2인분을 담은 바구니를 흔들면서 나타나 나를 당황하게 만들었다. 니커 바지에 등산화 차림의 나는 전차와 다를 바 없었고, 그녀는 전차를 견학하러 온 가벼운 차림의 구경꾼이었다. 나는 바구니를 배낭 위에 묶고 마유미의 형편없는 폼을 충분히 감상할 수 있을 만한 예정된 코스를 포기하고 거리도 단축하지 않을 수 없었다.

마유미 앞에서 신사 흉내를 내기에는 산이 가장 좋았다. 산 사나이에는 나쁜 사람이 없다는 그녀의 신념을 확인시켜주는 것은, 그런 신화를 깨뜨리는 것만큼 간단한 일이다.

그녀가 지면 위로 나온 나무뿌리에 걸려 손을 짚으면, 떨어진 나뭇가지를 적당한 길이로 잘라 '넘어진 뒤의 지팡이'를 만들어주었고, 너무 많이 지껄여서 숨이 가빠지거나 너무 뒤로 처지면 휴식을 취했다. 그녀가 몸이 흐트러진 자신을 겸연쩍어하는 순간, 상냥하게 감싸주었다. 체스를 하는 것만큼 재미있었다.

1,400미터의 산정에 서자 그녀는 기뻐서 어쩔 줄 몰라 했다. 기뻐하는 모습이 너무 야단스러워 산정에 있는 등산객들도 '덩달아 웃음'을 터뜨리면서 고개를 갸웃거렸다.

나는 마유미에게 바구니를 들게 하고 포즈를 잡게 했다. 그녀는 모델처럼 응해주었다. 모토마치나 하라주쿠에서 오쿠다마의 산으로 여고생이 공간이동을 하는 가벼운 SF가 만들어질 것 같았다. 나는 이 우연성의 퍼포먼스에 왠지 득을 본 듯한 기분이 들었고, 그녀를 조금 더 구슬리면 재미있는 것이 튀어나올지 모른다는 생각이 들었다. 그것은 추녀의 성가신 애정에 가까운 감정이었다.

그녀가 만들어온 샌드위치는 그렇게 얇았음에도 마치 나무토막을 씹는 기분이었다. 나는 먹기 전에 제비뽑기하는 요령으로 빵을 둘러싼 작은 탐구심을 발휘했다. 그러자 그녀는 입에다 실이라도 갖다 붙인 것처럼 침울해지더니 눈초리에 손가락을 갖다 댔다. 마유미의 눈에서는 근원을 알 수 없는 눈물이…….

"내가 만든 샌드위치가 이상해?"

마유미의 목소리는 눈물로 변성되어 있었다.

"아니, 하나도 안 이상해. 맛있어."

"정말?"

"어떻게 만들면 이렇게 맛있어지는지 알고 싶어, 정말이야."

"그럼 가르쳐줄게. 마가린에 머스터드를 섞고, 후추와 가루치즈를 뿌린 다음 햄과 오이와 달걀을 얹고, 맛있어지라고 기도하는 거야."

내가 씹기를 중단할 만큼 멋들어진 설명이었다. 미리 준비해온 대사가 아닌가 의심하고 싶어지는 건 내가 비열한 상놈이기 때문일까?

울고 있던 마유미 까마귀는 벌써 웃고 있었다. 그녀는 나 따위와는 비교가 안 될 정도로 냉정하게, 그러면서도 자연스럽게 자신을 조종하고 있는지도 모른다는 생각이 들었다. '나야말로 사기꾼이다, 놀랐지.' 라고 지껄일 만큼 천박하고 정직한 것이 바로 나의 정체가 아닌가 라고 자문할 수밖에 없었다. 혹시 이 여자가 나의 행동을 하나하나 예감하거나 예견하고 있을지도 모른다는 생각을 하니 소름이 끼쳤다.

마유미는 아무 일도 없었다는 듯이 식사를 하는 내 모

습을 즐겁게 바라보고, 들꽃을 얼굴에 갖다 대기도 하면
서 흥겨워했다.

"자기, 내가 생각한 그대로야."

"그러니…… 내가 어떤 사람인데?"

"인격자."

인격자? 뭔데 그게…… 인력거 같은 거? 내가 너를 태
우고 달린단 말이야?

"자기, 나 사랑해?"

그녀는 상투적인 문구로 나를 몰아쳤다.

"사랑? 하고 있지. 사랑하면 되지 않겠어. 하고 있지."

인격자 취급을 받은 불쌍한 나는 그렇게 대답했다. 거
짓인가 진실인가…… 그런 것은 마유미는 물론이고 나에
게도 불확실하다.

"귀여운 사람."

이번에는 귀엽다고…… 어쩐지 나는 마유미에게 사랑
받고 있는 것 같다. 이걸 뭐라 표현해야 좋을까…… 역시
기뻤다. 그러나 정체불명의 공포가 덮쳐왔다. 공포가 생
물처럼 살아서 나를 조종할 것 같았다. ……나는 마유미
의 허리를 부여잡고 애원하며 매달리고 싶어졌다. 안아
주는 것, 키스해주는 것, 나무라주는 것, 그 외 여러 가지

를. 아마도 내가 두려워한 것은…… 마유미에게 조금씩 어린애 취급을 당한다는 것이 아니었을까? 내가 이웃 아주머니와 누나들에게 모성욕을 충족시켜주는 창아였을 때의 잠재 기억을 떠올리는 것이 아니었을까? 귀여운 사람, 인격자…… 둘 다 나를 협박하는 말이다.

하산하는 도중에 나는 삼나무 숲 속에서 갑자기 멈춰서서 마유미의 얼굴을 뚫어져라 바라보았다.

"왜 그러니? 뭐가 묻었어?"

"키스하고 싶어."

'인격자'는 미리 허락을 구하고, 그녀의 반응을 보고서 입술을…… 합의하에 이루어진 키스는 처음이었다. 키스하는 중에 마유미가 트림을 해주었으면 했다. 그녀의 트림을 약탈하는 것이 마치 무아지경에 빠진 영웅적 행위라도 되는 듯한 생각이 들었다. 물론, 나의 영웅상은 인격자나 귀여운 사람의 대극에 위치해 있다.

나는 마유미의 목을 응시했다. 로맨스의 파괴자는 가스가 되어 사랑의 속삭임을 밀치고 솟아오를 것이다. ……그러나 트림은 나오지 않았다. 그 대신 그녀의 배가 무슨 불만으로 가득 찬 듯 꾸르륵거렸다. 그 소리는 고요한 숲 속의 새소리에 호응하고 있었다. 그 직후, 나는 딸꾹질을 했다.

"자기 딸꾹질은 참 귀여워."

마유미는 거침없이 말했다.

아마도 마유미는 나의 중대한 비밀을 파악하고 있는 것 같았다.

어쨌든 나는 그 하이킹을 통해 일반적인 연애를 할 수 있음을 보여주었다. 혹시 나는 마유미에게 연애를 강요당하고 있었는지도 모른다. 아쿠마 카즈히도는 그 연애를 극적인 파탄으로 이끌어가려 했고, 그 반대로 나는 그 연애를 어느 지점까지 끌어가고 싶었다. 애당초 내가 그녀 앞에서 어색한 태도를 취하지 않으면 안 될 별 볼일 없는 이유란…… 동정이라는 것이었다. 동정이 아니라는 포즈를 취하면 취할수록 동정같아져 버리는 분통 터지는 기분을 아시는지?

성불능이 아닌 한 동정은 틀에 박힌 연애밖에 할 수 없다. 기성의 틀에 발을 들이미는 것이 성교에 이르는 최단거리라고 믿어버린다. 조금이라도 틀을 벗어나면 여자에게 경계심을 주어 섹스를 못할지도 모른다고 안절부절 못하는 것이다. 동정을 버리는 방법이 끊임없이 잡지의 특집으로 꾸며지고 있다. 그러나, 동정이라는 성적 도착을 즐기는 방법을 자세히 소개한 글은 본 적이 없다.

내 주위에는 동정이 썩어나갈 정도로 널려 있다. 동정을 자랑거리로 삼으려는 족속들도 많았다. 이를테면 그들은 '플라토닉 러브는 가능한가?' 라는 문제를 열심히 생각하여 성욕에 화학변화를 일으키려 하고 있다. 그것은 고도의 성적 도착이다. 오로지 정신으로 섹스를 할 뿐이다. 성욕을 누르고 또 눌러서 정신의 착란상태를 일으켜 무한대의 성감을 얻으려는 일종의 마조히즘…… 바로 거기에 매력이 있는 것이다. 한 번의 사정과, 번민을 동반하는 영속적인 성감 중 어느 쪽이 좋은가 하고 묻는다면…… 이런 것을 생각하는 것 자체가 '나는 동정이 괴로워요.' 라고 절규하는 것이나 다름없다. 아아, 마유미의 곁눈질이 웃고 있다.

그런데, 나와 마유미는 공인된 커플로서 다른 외톨이 남녀들의 시선을 한 몸에 받게 되었다. 틀에 박힌 연애가 진행될 동안, 내 신경은 H에게로 향하고 있었다. 그녀는 나와 마유미의 짝짓기를 모르고 있다는 듯 완고하게 나만 지켜보고 있었다. 여름방학이 끝난 뒤로 그녀의 시선은 나에게서 떨어질 줄을 몰랐다. 나에 대한 항의도 아니고 질투도 아닌…… 어떤 의미로도 해독할 수 없는…… 시선이라는 것을 잊어버리게 하는 시선이었다.

내가 핸드볼부의 급우와 볼을 주고받으며 놀고 있을 때였다. 철망 저편에 H의 모습이 보였다. 나는 급우를 불러 H를 눈짓으로 가리키며 물었다.

"쟤, 누구야?"

"음울한 애야. 이름도 모르고 목소리도 들어본 적이 없어."

"환상의 여인인가……."

나는 발작적으로 철망을 향해 달렸다. 그녀는 아주 놀란 모양으로 도망도 못치고 철망에 손가락을 끼운 채 그 자리에서 얼어붙었다. 나는 양을 몰아세운 늑대의 웃음을 지으며 물었다.

"나한테 무슨 볼일이라도 있니?"

"아아아."

H는 급성 실어증에 빠졌다.

"그대의 이름은?"

나는 불심검문하는 경관이 되었다.

"이름을 가르쳐줘."

"사카이 지즈루."

"사카이 지즈루…… 그대는 여기서 뭘 보고 있니?"

"미안해."

"왜 사과하는데?"

침묵이다. 모든 것이 산산조각이 났다. 그녀는 내가 잠깐 빈틈을 보이자 뒤뚱거리며 도망쳤다. 나는 철망을 기어 넘어서 추격했다. 어깨에 손을 올리면 엉덩방아를 찧을 듯이 달리는 그녀를 못 따라잡을 리 없다. 간단히 지즈루를 따라잡고서는 앞을 가로막았다. 나의 미간에 시선을 집중시킨 때문인지, 그녀는 조금 사팔뜨기가 되어 있었다.

"……비켜줘."

"그대는 나를 관찰하고 있었지?"

"교실에 책을 두고 나왔어."

"교과서? 그게 아니라 왜 나를……."

"미안해. 다리가 아파서."

고개를 갸우뚱거리게 하는 말이었다. '그대는 누구인가?' 라고 쓰인 문제지를 몇 장이나 건네주었는데, 그녀는 오로지 사과만 하고 이상한 구실만 붙여대면서 백지로 제출하는 것이다. 출제자인 나는 그 백지에다 멋대로

낙서를 할 수밖에 없었다. 젠장, 너는 불감증이야?

지즈루는 나의 몽상을 기르는 배양액이었다. 나를 노이로제에 빠뜨리는 것은 어떤 중상이나 비난이 아니다. 폭력에 의한 협박도 달콤한 목소리의 설교도 우스울 정도로 과한 칭찬도 아무 소용이 없다. 침묵에 비한다면……. 아무도 상대해주지 않으면 나는 끝장이다.

지즈루라는 백지의 여자에 비한다면 수수께끼가 적은 마유미는 마음이 놓이는 상대다. 형태가 있는 것은 모방할 수도 있고 파괴할 수도 있다. 대응할 길을 찾을 수 있는 것이다. 그러나 마유미는 나에게 사랑의 증거만 원했다. 나는 그녀가 세운 연애계획의 진탕 속으로 점점 깊이 빨려 들어가는 중이었다. 내 몸속에 사는 동정적 기질을 죽이지 않는 한, 나는 그녀가 생각하는 그대로의 놀잇감이 되고 말 것이다.

그렇다, 나는 마유미를 교묘하게 조롱해준 적이 있다. 찻집에서 바나나 주스를 마시고 있을 때였다. 그녀는 나를 집요하게 유원지로 데려가려 했지만, 나는 시큰둥한 반응을 보였다. 나는 문득 뭔가를 기억해낸 듯이 드라이아이스처럼 차갑게 말했다.

"절대로 안 가."

"왜?"

그녀는 반문했다. 그 직후, 나는 마유미의 입을 보면서, "사랑하지 않니?"라고 그녀가 지금 하려는 말을 예견하여 그녀와 함께 이중창으로 외쳤던 것이다. 나는 고것 참 고소하다고 생각하면서 길게 딸꾹질 같은 웃음을 터뜨렸다.

"왜 그래, 사람을 무시하고. 그렇게 이상해? 너무해."

마유미는 생각 이상으로 화를 냈다. 물론, 나는 놀린 만큼 대가를 지불했다. 이번에는 내가 유원지에 가달라고 부탁했다. 그녀는 또 놀림을 당하지는 않을까 의심했지만, 나의 열성에 미소 지었고 화해에 응해주었다.

이제는 '사랑만 있으면 그만이야.' 라고만 할 수 없는 상황이었다. 마유미가 말하는 사랑 따위는 그녀의 피해 망상을 완화시켜주는 완충기에 지나지 않는다는 생각마저 들었다.

"내가 어떤 식으로 자기를 사랑하고 있는지 알고 싶지 않아?"

"가르쳐줘."

"다음에 가르쳐주지."

그렇지만 나에게는 적절한 대답이 없었다. 오히려 내가 가르침을 받고 싶을 정도였다.

만일 동정의 처형이 끝난다면, 그 뒤 두 사람은 어떻게 될까? 연애의 에필로그가 계속될 것인가? 대체 파멸을 향해 질주하는 격렬한 사랑을 어디에 끼워넣어야 한단 말인가.

나는 마유미의 어깨를 끌어안으면서 결론이 나오지 않는 증명을 구해보려고 안달했다.

"자기는 진짜로 사람을 사랑한 적 있어?"

너무도 판에 박힌 듯한 단순한 나의 질문에 불의의 허를 찔린 마유미는, 킥킥 웃으면서 주머니에서 껌을 꺼내 입에 물고는 나에게 내밀었다. 편편한 껌이 풀장의 다이빙대처럼 보였다. 나는 껌을 받아 물고 나서 입술을 대지 않는 키스를 하고 그 껌을 씹었다. 마유미가 그 미묘한 차이를 느꼈는지 어쨌는지는 모르겠지만, "이런 짓은 자기하고 아니면 할 수 없어."라고 말했다. ……언제 어디에선가 본 듯한 풍경이었다.

"나는 자기와 동반자살해도 좋아."

"나도 자살을 하기로 결정하면 기분 좋게 할 생각이야."

두 사람 다 그 말이 거짓임을 알고 있었다. 두 사람이 아니라 두 사람의 말이나 행동이 사랑을 나누고 있는 듯한 느낌이 들 정도였다. 내가 동정이기에 틀에 박힌 연애 코스를 걷는다는 것도, 마유미가 우리 사랑의 줄거리를 만들어두고 있다는 것도 별 설득력 있는 설명이라 할 수 없었다. 아무래도 내가 사랑을 하려고 하면, 기시감이 일어나는 것 같았다. ……혹시 사랑이 끝날 때 사랑이 시작되는 것은 아닐까…… 그런 다람쥐 쳇바퀴 돌리기 같은 결론밖에 나오지 않았다.

마유미와 밀착된 나날이 계속되었다. 사람이 보지 않는 곳에서는 키스로 인사를 대신했다. 펌프실에 숨어 들어가 그녀가 말하는 사랑을 확인하기도 하면서……. 마유미는 화장실에 가는 나를 복도에서 불러 세우고 불심 검문하듯이 어디 가느냐고 따지는 지경에 이르렀다. 나는 그녀의 감각이 의심스러웠지만, 아무래도 친한 여자 사이에서는 팔짱을 끼고 나란히 화장실에 가는 것이 아주 일상적인 일인 모양이다. 즉, 마유미는 나에게 여자 친구의 충성을 구하고 있었던 것이다.

그녀의 긴 전화질에도 손을 들고 말았다. 물론 내가 그녀의 지칠 줄 모르는 거짓말에 맞장구를 친 것이 잘못이지만……. 어쨌든 귀에 땀이 맺혀 때때로 수화기를 다른 쪽 귀로 옮기고 무릎을 주물러야 했다. 그녀의 전화에는 기승전결 따위는 아예 없었다. 수영 클럽의 친구와 찻집에 가서, 친구는 크림소다를 마시고 나는 초콜릿 샌드를 먹었다는 둥…… 일기에 적어넣듯이 자질구레한 에피소드를 늘어놓았다. 그러면서도 전화를 끊을 때의 상황을 기억하지 못한다.

그대는 나를 어떻게 하려는 거야? 여자친구? 또는 '귀여운 사람'이나 '인격자'로 만들고 싶어?

무엇인가에 대해 저항하려 하면 할수록 가장 나쁜 결과가 나올 것만 같았다.

겨울방학이 크리스마스이브에 시작되고, 나는 크리스마스 파티라는 명목으로 마유미의 집에 초대받았다. 손님은 나 한 사람, 접대하는 쪽도 마유미 한 사람이었다. 언젠가 집으로 초대하겠다는 말만 하고 내가 초대하지 않자, 더 참지 못하고 그녀가 직접 행동에 나섰다.

"가족들은 어디 숨겨두었니? 벽장 속에?"

그렇게 묻자 마유미는 긴장된 얼굴로 대답했다.

"8시에 어머니가 돌아와. 가부키 보러 갔어."

나는 그 말의 이면에 감추어진 그 무엇을 무리하게 읽어내려 했다. 그것이 동정의 나쁜 습관이다.

테이블 위에는 과자와 커피, 프라이드치킨이 놓여 있었다. 두 사람은 선물을 교환하고 의례적으로 웃고, 포장을 뜯었다. 그녀의 선물은 털모자였다. 나는 향수가 든 로켓을 주었다. 마유미는 평소와는 다르게 서먹서먹해하면서 내 얼굴을 똑바로 쳐다보지 않았다. 아니, 내가 오히려 평소와 달랐는지도 모른다. 기묘하게 예의 바른 몸가짐으로 우아하게 프라이드치킨을 먹고 있었다. ……나는 마유미를 갑자기 끌어안는 아쿠마 카즈히도를 상상했다. 한편 아쿠마 카즈히도는 기분 나쁜 눈길로 나를 관찰하고 있었다.

"마유미."

상식인인 나는 아쿠마 카즈히도를 무시했다.

"나 말이야…… 저…… 너랑 음악을 듣고 싶은데, 괜찮겠니?"

"……음악? 좋아. 내 방에 가자."

아쿠마 카즈히도여, 참아라. 여기서 얌전하게만 있으면 저 보기 싫은 동정이라는 새파란 놈과 작별을 고할 수 있지 않겠느냐. 우리는 축복받은 것이다. 앞으로 몇 년 동안이나 동정과 격투를 벌여야 하는 놈들이 얼마나 많은데. 우리는…… 그렇지, 그렇잖니?

자신의 방에 들어서고부터 마유미는 몸놀림에 안정감을 찾았다. 나는 어디서 뭘 해야 좋을지 몰라 눈만 뒤굴뒤굴 굴리며 집중력을 잃고 말았다.

"뭐 들을래?"

"응…… 자기가 좋아하는 거면 돼. 나는 록을 싫어해. 토하고 싶어져. 클래식이나 음치 아이돌 가수가 부르는 가요곡…… 그것보다는…….."

나는 침대에 등을 대고 그녀 옆에 엉덩이를 내렸다. 그리고…… 나는 그야말로 동정 로봇답게 딱딱하고 예각적인 동작으로 그녀의 어깨에 손을 올렸다. 그로부터 길고 긴 설득이 시작되었다. 어떤 설득 방법을 사용했는지에 대해서는 말하지 않겠다. 최종적으로 그녀는 이렇게 말했다.

"자기가 진정으로 나를 사랑해준다면…… 좋아."

필시 수많은 남녀가 이런 의식을 행할 것이다. 남자는 남자 역을 여자는 여자 역을 잘해낸다. 참으로…… 잘 짜인 드라마다.

동정 로봇은 하나하나 확인해가면서 마유미의 카디건

의 단추를 풀고, 블라우스로, 그리고 스커트로⋯⋯. 벌거벗기로 합의하는 데 걸린 시간과 벌거숭이가 되는 시간이 별 차이가 없을 정도로 동정 로봇의 손길은 서툴렀다. 이윽고 동정 처형식이 눈앞에 다가왔다. 그러나, 내가 지금이라도 환성을 질러댈 것만 같은 바벨탑에 콘돔을 씌우려는 순간⋯⋯ 나를 조롱하는 삐끼 아쿠마 카즈히도가 갑자기 거대한 콘돔으로 변해 나를 덮어씌우려 했다. 사진이 아닌 실물 마유미가 거기 있음에도 불구하고 아쿠마 카즈히도는⋯⋯ 마스터베이션을 시작했던 것이다.

그만둬.

편집광적인 열정을 쏟아부어 겨우 손에 넣은 나의 첫 체험을 박살내버리려 하다니.

침대 위 비극의 여주인공은 너무 기가 막혀 멍하니 아쿠마 카즈히도의 막간극을 바라보고 있을 따름이었다. 드라마는 완전히 파탄이었다. 기대에 넘쳐 온몸을 팽창시키고 있던 나의 성기는, 결론을 서두르면서 하얗게 더듬거렸다. 침대에는 섹스 또는 사랑의 종말을 고하는 쉼표가⋯⋯.

"해버렸어."

나도 모르게 중얼거리는 것은 대체 누구인가. 사치스런 마스터베이션을 성공시킨 아쿠마 카즈히도인가.

"무슨 생각으로…… 자기 이상한 사람 아냐?"

"미안. 나는…… 정말로 이럴 생각은……."

"자기에게 진짜라는 게 있어? 대체 뭘 하고 싶었던 거야?"

"아니…… 이건 성적 도착으로……."

마유미는 베개를 끌어안고 흐느껴 울었다. 나도 그녀와 함께 울고 싶어졌다.

"자기는 거짓말로 가득 찬 몸을 지키고 있을 뿐이야. 교활한 사람."

"그럴지도 몰라. 그치만……."

나는 그 다음에 무슨 말을 어떻게 하면 좋을지 몰라 망설였다. 망설이고 있는데…… 에잇, 말해버려라.

"이번에는 진짜로 할 테니까…… 다시 한 번."

조금이라도 냉정했더라면, 그런 창피한 짓을 해놓고 이런 대사를 입에 담을 만큼 뻔뻔스러워지지는 않았을 것이다. 그러나 나는 무슨 수를 써서라도 그 상황을 수습하지 않으면 안 되었다.

"여자란 말이야, 때로는 남자 이상으로 자존심이 세.

난 아까 일을 그냥 흘려보낼 수 있을 정도로 편리한 사람이 아냐!"

마유미는 그렇게 말하고는 사무적으로 옷을 입었다. 나는 벌거벗은 채 그냥 바라보고만 있었다.

"마유미, 용서해줘. 내가 바보였어."

입에서 그런 말이 튀어나오고 말았다. 내가 말해놓고도 토하고 싶을 정도로 속이 메슥거렸다. 나는 침대 위에 꿇어앉은 채 반 발기상태로 변해가는 성기를 바라보면서 계속 말했다.

"나는 옛날부터 이런 놈이었어. 자신을 상처 입히기 위해 사람을 이용한 것이야. 이제 절대로 바보 같은 짓은 안 할게."

그것은, 그것은 바람피우다 들킨 여자가 남편에게 필사적으로 변명하는 그림을 연상시켰다. 눈물까지 흘러내렸다. 나의 눈에서 말이다. 그것은 여자의 거짓 울음을 떠오르게 했다.

마유미는 슈미즈를 입고, 이제 스커트를 입으려 하고 있었다. 나는 그녀의 하반신이 일단 칼집으로 들어가버리면 모든 것이 끝난다고 생각하고, 반사적으로 스커트 자락을 부여잡았다. 그 손은 나의 손인 동시에 나의 의지를 조롱하는 손이기도 했다. 해서는 안 된다고 생각하면서 나도 모르게 손이 움직이고 마는 저 소매치기의 손이다.

"이젠 끝이야. 정말 멍청이 같은 짓은 말아줘."

마유미는 나를 단죄했다.

"어처구니없는 짓을 해보자. 내가 이상한 놈이라고 생각하고 있겠지? 나도 그렇게 생각해. 나와 함께 나를 괴롭혀보지 않을래."

"제발 그만둬. 그래도 남자라고 할 수 있니? 부끄럽지도 않아? 너 마마보이 아냐?"

"아냐. 섹스를 할 수 없는 것은 아냐. 난 어머니를 무서워하지도 않아. 요컨대…… 결말이 보이는 것이 두려울 뿐이야."

나는 논문조로 지껄이고 있었다.

"즉, 남녀관계라는 너무도 천편일률적인 드라마를…… 그걸 한번 깨뜨려보고 싶어서……."

말이 되지 않는다.

"그래서?"

마유미는 차갑지도 따뜻하지도 않은 음산한 웃음을 지었다.

"그래서 어떻게 됐는데?"

나는 이론의 모순을 지적당한 학자처럼 관자놀이를 긁
적거렸다. 마유미는 도저히 상대할 수 없다는 듯이 소리
내어 웃었다.

　시발! 나는 남자라는 것이 싫어져버렸다. 마유미를 안
으려 하다가, 마유미의 눈치만 살피면서 좀스런 백마의
기사 흉내를 내버리다니…… 보기도 싫어. 섹스, 섹스하
고 발정난 개처럼 여자를 갈구하는 성기적 인간이여 엿
이나 먹어라!

　"마유미, 지금까지 우리는 연애를 억지로 한 건 아닐
까? 연애하는 것은 우리 두 사람이잖니. 그래서 말이
야……."

　"이제 그만. 이상한 이유는 대지 말아줘."

　"지금부터 우리 두 사람은 진짜로 사랑할 수 있을 것
같은 기분이 들어. 즉, 사랑이 정해진 틀 속에서 끝나려
하는 순간부터 두 사람의 사랑이 시작되는 거야."

　"그런 거니? 나는 싫어. 즐기지 않을 바에는 사랑은 뭣
하러 하는데. 그런 짓을 해놓고, 아무리 멋진 말을 둘러
대봐야 때는 늦었어."

　마유미는 공소한, 그래서 가면극의 가면을 연상시키
는 아름다운 웃음을 지었다. 나는 그것이 지금까지 그녀

가 보여준 표정 가운데서 가장 아름다운 모습이라고 생각했다.

"좋아해. 그대와 결혼해도 좋아. 마유미."

"제발, 정색을 하고 농담 따위는 하지 마. 이제 끝이야. 아무리 그런 말을 한들 이제는 해주지 않을 거~야. 어쨌든 옷 좀 입어줄래. 엄마가 오면 어쩌려고 그래."

"한 번 부서진 것을 함께 세워가는 것이 사랑의 표시가 아닐까?"

"브술 필요도 없는 것을 부수는 사람이 나쁘지."

"원래대로 하자는 말은 아니야. 우리들의 관계를 다시 만들어가자는 거야."

"거머리 같은 사람. 싫어!"

"저번에, 자살해도 좋다고 했잖니. 그건 거짓말이야?"

"그때는 진짜였어."

"지금은 거짓말이라는 거야?"

"왜, 안 돼?"

"나는, 그때는 거짓말이었지만 지금은 정말이다. 나는 자기를 사랑하지 않으면 안 되게 되었어."

"대체 나더러 어떡하란 말이야?"

"함께 멀리 도망가지 않을래?"

"혼자 가세요. 악마 혼자서."

나의 마유미에 대한 사랑은 이때 절정에 달했다. 그러나 마유미는…… 만일 교접이 이루어졌더라면 지금쯤 우리는 옷을 입고 벌거벗은 모습의 사진을 시큰둥하게 보고 있었을 것이다. '이제 헤어져.'라고 낮은 목소리로 판결을 내릴 수도 있었다. 마유미는 아무렇지도 않게 '자살해도 좋아.'라는 거짓말을 하고 있었을지도 모른다. 또는 무릎을 꿇고 '마음에 들지 않는 곳은 고칠 테니 날 버리지 말아줘.'라고 눈물을 흘리며 애원했을지도…… . 모든 것은 격류 속에 흘러가버렸다.

잔소리 많은 사나이, 존재 그 자체가 잔소리인 아쿠마 카즈히도는 벌거벗은 채 무릎을 끌어안고, 스커트를 입는 마유미를 눈물 젖은 눈으로 바라보고 있었다. 아마도 그 눈물은 코미디가 아니었을 것이다. 자신을 끊임없이 패러디한 최종단계에서 솟아난 자가중독의 눈물이었다. 이미 나는 작품으로서는 막다른 골목에 부딪친 듯했다.

"헤어지고 싶다면 헤어져주지. 그 대신에 침대 위에 똥을 싸고 나서."

마유미는 '미친 놈' 하고 외치며, 당당하게 걸어가서 수화기를 들고 112를 돌렸다.

제4악장　성숙

　　나는 홀로 산악지대를 달리는 열차에 타고 있었다. 파
자마에 슬리퍼를 신고, 밤에 쥬스를 사러 가는 복장이었
다. 빈손이었다. 건너편 자리에는 귤 상자 세 개를 묶은
지게가 비스듬히 기대져 있었고, 그 옆에 몸뻬 차림의 힘
세 보이는 당당한 체격의 노파가 앉아 있었다. 입을 오물
오물 움직이고 있었고, 손에는 마른 오징어 조각을 단도
처럼 쥐고 있었다.

　　"이빨이 참 튼튼하시네요."

　　"니도 묵을래?" 하고 노파는 내게 오징어 귀를 건네주
었다. 나는 고맙습니다, 하고 그것을 씹었다.

"니는, 어데 가노?"

노파는 어디 사투리인지도 모를 일본어로 물었다. 나는 잠시 생각하고는 천천히 말했다.

"자살이라도 할까 해서요."

"그거 참 욕 마이 본다."

나는 어디를 보는지 알 수 없는 노파의 눈과 괴이한 일본어가 이상해서 견딜 수 없었다.

"잘 생각했데이."

차창 밖에는 진짜 나무들이 녹색의 화음을 연주해대고 있었다. 바람에 가지가 구부러지면, 햇빛은 숲에다 눈부신 파문을 일으켰다. 그때마다 비브라폰의 약음이 들려오는 것 같은 기분이 들었다. 혀에는 오징어의 고소한 맛이 퍼져가고…… 왠지 나는 감동하고 있었다.

멍하니 생각에 빠져 있는 사이에 열차는 역에 도착했다. 나는 노파에게 작별을 고하고 열차에서 내렸다. 플랫폼은 간소했고, 청동으로 지은 개집 같은 역사가 있을 뿐 역무원은 없었다. 하차한 승객도 나뿐이었다.

그러나 역 앞 길은 산촌이랄 수 없을 만큼 번잡했다. 뭐라고 할까, 이 세상의 황혼을 마지막으로 즐길 만한 절망적인 밝음으로 가득 찬 곳이었다. 만국기가 운동회라도 맞이한 것처럼 길가에 늘어 서 있고, 선물가게, 식당, 술집에는 지금이라도 춤을 출 것 같은 취객들이 드나들고 있었다.

정강이가 튀어나올 만큼 짧은 작업바지를 입고, 윗도리는 결혼식에 어울릴 듯이 보이는 드레스 셔츠에 턱시도를 아무렇게나 걸치고 가르마를 탄 사내가 다가왔다. 그는 몸을 좌우로 흔들고, 태엽 감는 원숭이 인형처럼 손뼉을 치며 이런 말을 했다.

"재미있는 곳에 왔어. 재미있어. 만세."

"뭐가 재미있어요?"

"이제 재미있게 되었어."

그런 이상한 말만 해댔다. 나는 더 이상 묻지 않았다. 술 냄새 때문에 상대할 수가 없었다.

거리는 청결했다. 유카타 차림의 중년 남녀가 나란히 대빗자루로 거리를 쓸고 있었다. 우아한 부인이 나에게, 지금은 전설로 변해버린 일본 여성의 아름다운 미소를 지어 보였다.

"나는 주인과 함께 청소하는 게 낙이에요. 떠나는 새는 뒤를 더럽히지 않으니까 말이죠. 호호호."

나는 고개를 갸웃거리면서, 그 부인의 말뜻을 생각해

보았지만 알 수가 없었다. 가볍게 고개를 숙이고는 빠른 걸음으로 마을을 떠났다.

숲으로 통하는 길은 기복이 심해 슬리퍼를 신고는 걷기가 힘들었다. 작은 돌이 발뒤축을 마구 파고 들어왔다. 나는 멈추어 섰다. 그러나, 걷고 있는 듯도 했다. 앞쪽을 보고서야 길이 벨트 컨베이어처럼 움직이고 있음을 알았다. 목적지가 없는 나는 딱히 스스로 걸을 필요도 없었다. 서 있기만 하면 길이 나를 어딘가로 데려다주었다.

그렇게 해서 도달한 곳이 쓰레기장이었다. 그렇지만 악취도 없고, 눈을 돌리고 싶은 그런 광경도 아니다. 단지 쓰레기장이라는 간판이 있을 뿐이다. 버려진 북가시나무로 만든 멋진 테이블, 꽃병, 고급 브랜드 핸드백, 카메라, 컴퓨터, 스테레오, 자동차들은 백화점이나 시장의 상품과 조금도 다를 바 없었다. 거의가 전위 예술로 보일 만큼 설치 예술적으로 기괴하게 널려 있었다. 문득 주위를 둘러보니, 그 쓰레기장은 끝도 없이 펼쳐져 있다. 숲은 어디로 가버렸을까.

뒤에서 사람 소리가 들렸다. 뒤돌아보니 어디선가 본 적이 있는 작은 몸매의 여자 — 아니, 원피스를 입고 있지만 남자다 — 가 있었다. 나도 모르게 소리쳤다.

"미시마 유키오."

그는 일본도를 잘라낸 페니스처럼 거머쥐고, 여장배우의 곁눈질로 나를 째려보았다.

"할복할 생각입니까?"

나는 순진한 척 질문을 던져주었습니다.

"벌써 했어." 하고 미시마 유키코(三島由紀子)는 대답했다.

"왜 여장을 하고 있죠?"

"제2의 인생이야."

"그렇습니까. 그렇지만 여전히 머리는 빡빡이네요. 근육도 훌륭하고요. 여자도 보디빌딩을 하는군요. 그런데 왜 여자가 되려고 생각했지요? 조금 소름이 끼치는데요."

"나는 '비극적인 것'을 끊임없이 추구한 결과, 그것을 언어로 구축한다는 것이 불가능함을 알았다네. 자신의 육체를 제시함으로써만 비극을 연출할 수 있다는 것을 안 것이야. 아니, 이런 것은 10대 때 벌써 알아버렸지. 그랬기 때문에 언어를 나의 피와 살로 삼기 위해 언어의 노예가 된 것이야. 그러나……."

"자신이 한 거짓말을 정당화하기 위해, 이제 몸으로

최후의 거짓말을 한 것이로군요."

"자네는 나를 실험실의 생쥐로 만들고 싶은가. 내가 할복한 이유나 여자가 되려는 이유 따위는 아무것도 없어. 존재하는 것은 형태뿐."

"미시마 씨, 나도 여자가 되고 싶어요. 여자는 남자로 인해 가치가 고양되는 예술이라고들 하지요. 그리하여 여자를 걸고 진실을 파헤친다. 그런 마음이 어떤 것이라고 생각하나요?"

"앗하하하, 수수께끼로군."

미시마 유키오는 화려한 장식성의 웃음을 터뜨렸다.

"미시마 씨, 역시 당신은 썩어빠진 여자가 되는 게 좋았어요. 난 그런 사람이 되고 싶어요. 논리나 행동의 일관성이란 죄악이에요. 행위도 생각도 시시각각 바꾸어 버리는 게 좋았을 텐데 말이죠."

"바꾸려 했지. 그러나 나는 여자는 될 수 없었어. 그것뿐이야."

"그런데 미시마 씨는 자기 자신을 전후의 가장 일본인다운 사람이라고 생각한 적은 없습니까? 당신은 돈을 벌기 위해 쓴 글도 많고, 스스로 육체를 단련하여 상품이 되려고도 했고…… 미시마 씨는 자신의 본질을 숨기기

위해 천황이나 자위대를 재료로 이용한 것 아닙니까? 그
렇기 때문에 난 당신을 존경해요."

"자네는 대체 뭘 하려 여기 왔는가?"

"그런데, 여기는 어딘가요?"

"일본의 틈새에 있는 죽음의 일본이야. 나는 여기서
나무를 쌓고 있지."

"나무쌓기를?"

"상품이 끊임없이 쏟아져서 처치 곤란이야."

"아, 그렇군요, 당신도 지금은 상품이니까. ······그런
데 미시마 씨는 한 번은 남자 중의 남자가 되어보았으니,
여자가 되어보는 것도 가치 있는 일이겠지요. 역시. 저
어······ 나, 남자 역을 해도 괜찮을까요. 저번에 첫 경험
에 실패해서······ 기왕 이렇게 된 것, 미시마 유키오라도
괜찮지 않겠어."

나는 그를 끌어안으려 했지만 홀연 내가 사라져버리
고, 미시마 유키코만 남아 있었다.

고교 3년생, 나는 인생 18년째에 번데기가 되어버렸
다. 고교 시절 최후의 추억으로 중퇴라는 것을 해보았다.
부모와는 큰 싸움을 벌였고, 동생한테는 바보, 멍청이라

는 소리를 들으면서. 선생도 무책임하게 나를 학교에 묶어두려 했다.

나는 냉정하게 그들을 설득했다. 딱히 비행소년이 되기 위해 학교를 그만두는 게 아니라고.

"내게도 생각이 있습니다. 대학에 가는 겁니다. 대입검정고시라는 게 있으니까요, 그걸 보면 되는 겁니다."

설득하는 데 어느 정도의 시간과 인내가 필요했는지를 말해두자. 딱히 나에게는 이유다운 이유가 없었기 때문에, 교장실에 들어가 교장의 책상에 엉덩이를 걸치고 앉아 담배를 피웠다. 그리고 고교 최후의 여름방학을 계속 연장시킴으로써 퇴학에 성공했다. 고교를 떠나는 것이 정식으로 결정되자, 나는 지즈루에게 때때로 만나달라고 부탁했다. 마유미는 이미 다른 사내와 팔짱을 끼고 내 눈앞을 가로지를 정도였고…… 지즈루는 고개를 숙이듯이 고개를 끄덕여주었다. 역시, 나에게 마음이 있었던 모양이다.

퇴학 후의 생활은 마스터베이션, 텔레비전, 영화, 독서, 시험공부 등으로 채워졌다. 나는 거머리처럼 하나하나에 달라붙었다. 이런 것들은 모두 시간의 구분도 공간의 구분도 없는 꿈속에서 재합성되어 화학변화를 일으킨다. 나는 그 꿈을 다시 언어로 바꾸고, 그것을 참고삼아 일상생활을 했다. 꿈에 나타난 무의식을 일상생활에 섞어넣은 것이다.

꿈과 현실의 경계를 없애려고 심각하게 고민하는 사람을 보통 미치광이라 부른다. 나는 미치광이인 척하기를 즐기는 사이에 정말로 발광해버릴는지도 모른다는 공포에 사로잡혔다. 내가 미치광이가 아니라는 증거를 보이기 위해서는, 꿈과 현실이 마구 뒤섞인 나의 세계로 타인을 친절하게 안내하고 해설할 필요가 있었다. 그 역으로는 묵묵히 나를 바라보는 지즈루가 안성맞춤이었다.

"아무 말 안 해도 좋아. 단지 나에게 외출할 기회만 주면 돼."

나는 그렇게 그녀에게 말했다. 이렇게 하여 두 사람은 한 달에 한 번, 두 번째 일요일에 특정 카페의 특정 테이블에서 만나기로 했다.

아침에 일어나서 옷을 입고 집을 나선다. 전차를 타고 학교에 간다. 학교에서 오후 3시경까지 수업을 받고 운동장으로 나간다. 저녁에 귀가하여 식사를 하고 잔다. '오늘 일어난 일'을 순서대로 늘어놓으면 기승전결이 반듯한 드라마가 만들어질 것이다. 그러나 그 생활을 버린

지 3개월 정도가 지나자, 하나하나의 행동이 제멋대로 떨어져나와 독립하는 바람에 연속성이 사라져버렸다. 시계가 몇 시간 틀려도 아무 생각이 없고, 한 달 계획표를 세워놓아도 일주일만 지나면 평일과 휴일, 밤과 낮의 구별이 모호해진다. 단지 지즈루와 만나는 것만은 계획표대로였다.

그녀 앞에서 나는 경박하게 행동했다. 마유미가 상대였을 때는 밀고 당기는 즐거움, 그녀의 반응을 살피는 화학실험의 흥미 같은 것이 있었지만, 지즈루를 상대하다 보니 나의 언동은 자신을 위로하는 부드러운 손길에 지나지 않았다. 그녀에게 나는 꿈 이야기를 해주었다. 집에 틀어박히는 날이 많아지면서 점차로 꿈도 단편적으로 변하고, 생활에 부착된 액세서리같이 되어버렸다.

공중화장실을 자전거로 통과해 가려다가 계단에 걸려 넘어져서 소변기에 걸터앉은 꼴이 되고 만다. 그때 동생이 나타나 '왕자님' 하고 말한다.

또는…… 초대도 받지 않고서 어떤 인기 가수의 생일 파티에 참석해서, 자 지금부터 배가 터지게 먹어주지 하고 포크를 든 순간, 파티장에서 쫓겨난다. 나는 전봇대에 기대어 간신히 포크 끝에 붙어 있는 훈제연어 조각을 먹는다.

또, 벽시계를 보니 초침은 오른쪽으로 돌아가는데, 분침은 왼쪽으로, 시침은 4를 가리킨 채 움직이지 않는다. 이윽고 시침이 산길에 핀 들꽃으로 바뀌고, 분침이 교차하자 꽃이 잘려 떨어진다. 마루에 떨어진 꽃이 슬그머니 나의 목으로 바뀌어 있다.

지즈루는 비즈니스맨처럼 딱딱하고 신중하게 고개만 끄덕였을 뿐 웃지도 않았다. 그것이 나의 꿈에 리얼리티를 주었다.

내가 지즈루 앞에서 펼쳐낸 '마스터베이션'은 다채로웠다. 그리고, 그것들은 돌발적이고 무의식적인 경우가 꽤 많았다. 일련의 '마스터베이션'은 중학 시절의 란코와 아즈키, 그리고 마유미에 대해 행했던 것처럼 도발적이지 않았다. 일상생활에서 빼놓을 수 없는 것, 이를테면 골초에게 담배 같은 것이었다.

12월의 밀회(이 예스런 일본어가 우리에게 잘 어울린다) 때, 우리는 '젊은이의 거리'를 걸으면서 이야기를 나누기로 했다. 우리는 어깨를 감싸지도 손을 잡지도 않고, 서로 불길한 그림자를 던지면서 사람들의 숲 속을 타박타박 걸었다. 말도 없이, 묵묵히. 나는 그때, 거리에 널린 모든 것이 나의 소유물이라는 몽상에 빠져 있었다. 지상 60층의 바벨탑을 올려다보면서 나는 지즈루에게 말했다.

"도쿄는 참 복잡해. 나는 도쿄에 비하면 아주 단순해. 나는 도쿄처럼 되고 싶어."

"자, 그럼 도쿄도 깜짝 놀랄 만한 이상한 일을 해야겠네."

나는 몇 번인가 도쿄의 거리를 걸으면서 막연하게 느꼈다. 이놈은 내가 꾸는 꿈이나 내가 발작적으로 시작하는 '마스터베이션' 따위와는 비교도 할 수 없을 정도로 황당무계하고 비현실적이라고. 게다가, 그 비현실이 지금 눈앞에 있음에도 생생한 현실감을 못 느끼게 하는 마술과 같다는 점이 정말 기분 나빴다. 이날 우리는 마천루를 보면서 한가로이 걷고, 인도 카레를 먹고, 신사의 경내를 지나, 지중해에 면한 항구도시의 레스토랑 곁에 붙은 신발가게에서 우산을 사고, 샹젤리제의 가로수 길을 걸으면서 어디서 흘러나오는지 모를 삼바를 듣고, 고기만두 냄새를 맡았다. 문득 곁을 보니 온천이 있고, 모퉁이를 돌자 로코코풍의 성이 나왔다.

나는 이런 악몽에 시달린 적은 없다. 역시 도쿄를 사물화하기 위해서는 도쿄 그 자체가 되어야만 할 것 같다.

1월의 밀회는 스케이트장에서 이루어졌다. 둘 다 처음 신어보는 스케이트였다. 얼음 위에서 얼어붙어 허수아비가 되었다. 피겨용 날 끝으로 얼음을 한 번 찬 후로는 부동의 조각품이 되어 빙판 위를 미끄러져 나갔다. 누구나 맛볼 수 있는 이런 어색함이 난 싫다. 금방 그만두고 돌담길을 걸을 때, 나는 이런 허세를 부렸다.

"스케이트가 처음이니까 잘 못 타는 것도 무리가 아냐. 그 대신에 간단한 록 클라이밍을 보여줄게."

나는 5미터 정도의 돌담을 스니커를 신은 채 도마뱀처럼 능숙하게 기어올랐다. 시간은 겨우 1분. 돌담 위에 선 나는 발코니에 선 우국의 지사 ― 단, 플라스틱으로 만든 ― 같은 포즈를 취했다.

"위험해 그만둬."

지즈루는 통행인의 웃음을 배경 삼아 얼빠진 소리로 외쳤다.

"너, 참 이상하다. 그런 말은 올라갈 때 해야지."

웃지 않을 수 없었다.

"말을 걸면 주의가 흐트러져 위험할 것 같아서."

그녀의 모순된 말에 묘한 리얼리티가 있는 것 같아 나는 고개를 끄덕였다.

"너도 올라와."

"내일은 성인의 날이야."

그녀는 대화의 줄기를 바꾸어버렸다. 처음 이야기를 나누었을 때도 그랬다.

"성인의 날에 뭐가 있는데?"

"전통 예복을 차려입은 사람들이 거리를 걸어."

화제를 바꾸는 수법치고는 정말 우아하다. 지즈루의 엉뚱한 말은 나의 발작적인 행동과 잘 어울리는 듯도 했다.

나는 단순하고 멍청한 푸른 엉덩이의 꼬마로 돌아간 듯한 느낌에 사로잡혔다. 이때의 나는 길가의 돌멩이에 애정을 느끼고 눈물을 흘리기도 하고, 노상에 쭈그리고 있는 부랑자에게 친근감을 가지거나, '나는 불행하다.' 라고 중얼거리기만 해도 웃고 싶어지기도 했다. 고교를 중퇴할 때까지를 행진곡풍의 반항기였다고 한다면, 이 시기부터 격렬한 감정의 기복이 없는 완만한 악장으로 들어갔다고 해도 좋을 것이다. 거기에는 한 알의 신경안정제 정도의 감상이 뒤섞여 있었다. 꿈이 현실에 익숙해진 것인지 현실이 잠들어버린 것인지…… 어느 쪽일까? 또 나의 꿈속으로 지즈루를 끌어들인 것인가, 내가 그녀의 꿈속에 끌려들어간 것인가, 라는 의문도 일었다.

거리를 걸을 때도 이전만큼 사람들의 눈을 의식하지 않게 되었다. 나의 눈이 둔감해진 탓일까? 나는 보행자나 사물 — 신호나 담, 자동판매기나 공중전화 따위가 눈에 들어와도 그것들을 보지 않았다. 사람도 물건도 모두 무의미…… 우연히 의미 있는 듯이 늘려져 있을 뿐으로 시간이 지나면 이것저것 모두 장난감 상자 속으로 들어가버리고 말 것 같은 느낌이 들었다. 인생은 드라마를 파괴하는 드라마라고 믿었던 나는, 아마도 그런 자신의 인식을 바꿀 수밖에 없는 지경에 처하게 된 것 같았다. 드라마에 늘 따라다니는 시간의 흐름이나 사실관계가 현실적으로 존재하는 것이 아니라고 말하고 싶어진 것이다.

우리의 2월 밀회는 중지되었다. 지즈루의 사립대학 입시와 중복된 것이다. 3월의 밀회에서는 내가 그녀의 위안 역을 담당했다. 장어구이를 사겠다고 아사쿠사의 유명한 가게로 불러내어 이렇게 말했다.

"바로 합격하고 싶지 않았던 모양이지. 나와 같아졌잖니."

"나, 바로 합격하고 싶지 않았어요."

그녀는 거듭 그렇게 말했다. 나는 지즈루의 흉내를 내어 장어내장(落膽)을 맛있게 먹고, 지즈루는 나처럼 교활해졌다. 장어는 조용히 두 사람에게 먹혀주었다.

4월. 두 사람은 같은 학원에 다니면서 한 달에 두 번밖에 만나지 않는 이유를 서로 따지지 않았다. 또, 결코 전화를 걸지 않는 이유도 알려 하지 않았다. 두 사람 모두 권태기를 연기하는 전략을 꾸며내야 할 정도로 친밀해지는 것을 어딘가에서(하반신인가?) 거부하고 있었다. 서로 솔직하게 과거를 고백하는 일도 없었다. 많지 않은 대화도 혼잣말을 중얼거리는 식이었다. 두 사람 다 훔쳐보는 취미 따위는 없었다. 연인들은 때때로 상대의 과거나 성격을 웃으면서 탐색하고, 비밀스런 일을 수집하고서는 친밀해졌다는 착각을 하지만, 나와 지즈루는 그런 일은 하지 않았다. 서로 알지도 못하고 본 적도 없는 여자와 남자가 길거리에서 부딪치고는 서로에게 길을 양보한다. 그리고 '2주일 후에도 같은 장소에서 길을 양보하기로 하자' 고 약속만 하고, 그 이상의 일은 하지 않고 서로를 상상하며 즐기자고 합의하는, 그런 사이이기를 바랐다. 2주일은 두 사람이 본 적도 없고 알지도 못하는 사람이 되어 우연한 만남을 재현하기에 필요한 최소한의 시간이었다.

두 사람 사이에는 불문의 계약이 성립되었다. 하나는 상대를 모욕하지 않는 것. 다른 하나는 스스로 모욕하기를 즐기는 것. 그녀는 이 두 가지 계약을 침묵과 얼이 빠진 듯한 혼잣말로 우아하게 해치웠고, 나는 지즈루의 침묵이나 혼잣말의 배후를 탐색하지 않는 것과 발작적인 일인극으로, 계약파기의 경계를 아슬아슬하게 지켜냈다.

7월 말에 대학입학자격검정고시를 치르고 간단히 합격했다. 나보다는 가족이 기뻐했다. 아버지는 합격 축하로 새 시계를 사주었고, 어머니는 양복을 사주었다. 어머니는 이런 말을 했다.

"카즈히도(一人)도 이제 어엿하게 한 사람 몫을 하게 됐어."

고교생이 된 동생은 동정냄새가 풍기는 센티멘털리즘적인 반항을 가장한 합리주의자인 척했지만, 참으로 웃기는 짓거리였다(동정이 동정이 아닌 척하면 성불능자로 보이는 것은 왜일까. 나도 조심해야지). 과장이 된 지 3년째인 아버지는 동생에 대해 '그럼 또 어때.' 라고 평가했다.

만으로 열아홉 살이 된 나는 어느 장소에 가서 푸른 엉덩이를 발갛게 물들여왔다. 상대도 열아홉 살이라 했다. 나는 엉덩이가 푸르다는 것을 감추지 않았지만, 일을 끝내고 나서 미리 준비해둔 싸구려 매니큐어를 폼나게 내밀었다.

"이런 건 시작 전에 주는 거야. 더 멋지게 해주었을 텐데."

"다음에 오면 몸을 씻어줄게."

여자는 그렇게 말했다.

아무래도 나는 동정적인 기질을 극복한 것 같았다. 육체적으로 동정을 버린 것은 하나의 사건이겠지만, 병원에서 일을 치르고 진찰료를 지불하는 것 같았다.

그런데 '한 사람 몫'이 된 것을 경계로 하여 가족이 지금까지와는 다른 모습으로 보이기 시작했다. 그것은 아마도 가족에 대한 나의 적의가 홀연히 사라져버렸기 때문일 것이다. 여태까지 적의가 아버지를 아버지답게 했고, 어머니를 어머니답게, 동생을 동생답게 했지만, 그것이 사라지자 가족에 대해 돌멩이에 대해 느끼던 그런 연민을 가지게 되었다. 나와 가족의 관계가, 나와 지즈루의 관계와 비슷해졌다고 해도 좋을 것이다. 가족 또한,

침묵과 혼잣말을 무기로 삼고 있었던 것이다. 때문에 그 이면을 탐색하려 하면 할수록 나의 망상은 확대되어간다. 실제로 동생이 텔레비전 드라마의 불량소년으로 보여서 '시너 했지?' 하고 심문한 적도 있었다. 또, 어머니가 코미디 프로에서 바보처럼 웃는 바보주부로 보여서, 스튜디오 견학을 가는 것은 아닌가 하고 의심했고, 아버지가 몰래 여고생을 애인으로 두고 있다는 생각을 하는 등…… 의구심은 끊임없이 솟구쳐올랐다. 그러나 진위를 확인하는 것 자체가 어리석은 행동이라는 것을 어렴풋이 느끼고도 있었다. 거짓도 진실도, 선도 악도, 꿈도 현실도 마구 뒤섞어두어야 모든 것이 단순하고 산뜻해지며, 상쾌하지 않은가 하고. 나는 해석하려 하지 않고 모든 것을 있는 그대로, 액세서리처럼 몸에 달아두고 싶어졌다.

그러나, 해석하지 않고, 구별하지 않는다는 전략은 생각했던 것 이상으로 인내력이 필요했다. 해석하고 구별하는 것은 일종의 자기표현이다. 그것을 그만두면, 있는 그대로의 현상을 긍정도 부정도 않고 받아들이게 되는 셈이다.

이를테면, 나와 지즈루의 사랑도 아닌 사랑도, 유원지

에 가든, 소녀가극을 보든, 얼빠진 사람처럼 혼잣말을 하든, 돌발적인 일인극을 하든, 같은 풍경이 영원히 이어지는 기복도 없는 폐허를 어딘지도 모른 채 하염없이 걷는 것과 별 다를 바 없었다. 폐허에는 성애를 고양시키는 바이킹 코스도 없었다. 종잡을 수 없는 술래잡기는 언제까지고 계속될 것 같았다. 가을이 지나고 겨울이 다가오자 나는 광대극 같은 마스터베이션의 자료도 줄어들고 해서, 이전에 했던 것을 리바이벌하곤 했다.

어린이의 장난과 성인의 도착이 자신을 관찰하는 시점이 확보되어 있는가 아닌가로 구분된다고 한다면, 당시의 나는 아무래도 전자에 가까웠던 것 같다.

문득 정신을 차리고 유년시대의 기억을 되살려보면, 당시의 행동을 형태만 바꾸어 재현하고 있는 자신을 발견했다. 예를 들면…….

수족관 가게 앞을 지날 때, 한 마리에 50엔 하는 송사리를 세 마리 샀다.

"어떻게 할 생각이야? 기를 거니?"

지즈루가 물었다.

"넓은 곳에서 헤엄칠 수 있게 해주고 싶어."

그래서 두 사람은 공원의 분수가로 갔다. 나는 거기서

두 마리만 놓아주고 한 마리는 손바닥에 올려놓고 바라
보았다.

"귀여운데."라고 그녀가 말했다.

"먹어버리고 싶을 정도야……. 먹어버리자."

나는 살아 있는 희생 송사리를 입에 넣었다. 지즈루는
비명을 질렀다. 나는 금방 입을 벌려서 사로잡힌 송사리
를 분수에 놓아주었다. ……유치원 시절에 나는 여자애
의 손을 잡고 집으로 돌아가던 길에 논에서 헤엄치고 있
는 올챙이를 입에 넣은 적이 있었다.

또 공구점 앞을 지날 때, 개 목사리를 산 적이 있었다.

"개를 키우니."라는 지즈루의 물음에, "주인 없는 개
를 주워왔어. 이름을 뭐라 할까 망설이고 있는 참이야."
하고 가공의 개를 화제에 올렸다.

"아쿠마 후다히도(二人)가 좋겠는데."

그녀는 꽤 의미심장한 말을 했다.

"나는 지즈루로 하려 하는데."

"암캐니?"

"응, 그냥 암놈이야."

나는 그 참에 자주 가는 공원으로 지즈루를 데리고 갔
다. 잔디 위에서 개와 노는 것도 재미있을 거라 생각하면

서 지즈루를 보고 있자니 초등학교 시절, 동생을 개로 삼아 놀았던 기억이 떠올랐다.

"자기, 개가 되어주지 않을래?"

그녀는 마치, 개를 덮어쓴 물처럼, 몸을 부르르 떨어 개를 털어냈다.

"지즈루는 개다. 셋을 세면 개가 된다. 하아나, 두우울, 세에엣, 봐 넌 개다."

"켁, 켁, 목이 말라."

지즈루는 일의 진행을 방해하려 했다.

나는 이때 우리들의 불문계약을 범했다. 지즈루의 위에 올라타고 억지로 목사리를 채우려 했다. 지즈루는 나의 손등을 꼬집으며 저항했다. 나는 아쿠마 카즈히도의 벌거벗은 등에 손톱자국을 내면서 신음하는 지즈루의 모습을 상상하고 있었다.

"그만둬. 나는 개가 아니라 여자야."

그녀는 여태 한 번도 들려준 적이 없었던 불투명한 피아니시모의 목소리를 냈다. 나는 왠지 지즈루답지 못한 그 목소리, 마리아 칼라스를 물로 희석한 듯한 그 여자다운 목소리에 일말의 혐오를 느끼고 목사리에서 손을 뗐다.

"미안해…… 안녕."

그녀는 목에 목사리를 건 채 가버렸다. 나는 지즈루를
따라잡지 않았다.

이것으로 사랑 같지 않은 사랑도 끝장인가 하고 생각
하고 있는데, 2주일 후에 지즈루는 평소처럼 약속 장소
에 나타났다. 게다가 목에 목사리를 건 채. 그것은 나에
대한 기지에 넘친 복수였다. 나는 지즈루의 미소에 한 방
먹고는 어찌할 바를 몰랐다. 패배자가 된 나는 그녀에게
스테이크를 사주고 벌칙으로 나의 목에 개목사리를 걸고
는 개 같은 폼으로 스프를 먹었다.

사랑 같지 않은 사랑

폐허의 여행길

어느 쪽이 지즈루고 어느 쪽이 一人?

그러는 사이에 3월이 오고, 두 사람은 모두 대학에 합
격했다. 그녀는 도쿄 교외에 있는 무슨무슨 여자대학교
교육학부, 나는 어쨌든 도쿄 내에 있는 무슨무슨 대학의
외국어학부에 진학했다.

우리의 사랑 같지 않은 사랑에는 결말도 없는 듯했다.
섹스를 하건 하지 않건, 언제 끝날지 모르는 기복도 없는
밋밋한 오르가슴에 몸을 맡길 수밖에 없는 듯했다. 그것

은 지즈루에게는 너무너무 쉬운 일일 테지만, 볼록형 성기를 가진 나에게는…….

우리는 아무래도 단순한 친구 관계에 안주하려는 것 같았다. 세간에서는 나와 지즈루의 관계를 도시형 표층 연애라는 말로 표현할 것이다. 뭐, 그럼 또 어떻겠느냐마는, 그녀와의 밀회에서 기시감이 떠오르면, 파멸극을 사랑하는 아쿠마 카즈히도는 가만히 있을 수 없는 모양이었다.

고교시절, 지즈루를 바벨탑에 사는 창부 역으로 꿈에 등장시킬 정도로 그녀에게 성적 흥미를 느꼈음에도 나는 한 마디도 유혹의 말을 하지 않았다. 은행원 같은 가면을 덮어쓰고 설득한다면, 지즈루와 침대에서 파티를 여는 것은 그리 어렵지 않았을 것이다. 그렇게 하지 않은 이유는 무엇일까? 지즈루의 몸을 감싸고 있는 안개 같은 기품인가…… 그런 건 고작 5퍼센트의 이유밖에 안 된다. 그렇다면 묵시적인 두 개의 계약 때문인가…… 아니 계약 따위는 깨뜨리기 위해 존재하는 것이다. 마유미와의 첫 체험 불이행사건의 후유증? ……20퍼센트 정도의 영향은 있을 것이다. 나머지 75퍼센트는…….

사실을 고백하자면, 난 페니스 상태에 대해 고민이 있었다. 눈길로 지즈루를 애무하거나, 어깨나 허리나 팔을, 팔로 두르면, 완만한 사정이 일어났다. 사정이라고 하기보다는 누정이라는 쪽이 맞을 것이다. 그것이 세 시간 정도에 걸쳐 천천히 일어난다. 이건 좀 음침하다.

한번은 어둠이 깔린 뒤, 다리 아래로 그녀를 데리고 가 끌어안아 보았다. 그러자 반 발기상태에서 누정의 스피드가 빨라지는 것이었다. 임포가 되어버린 건 아닐까 염려했지만, 마스터베이션에는 아무 지장이 없었다. 아무래도 지즈루와 함께 있을 때만 이런 상태가 되는 모양이다. 굉장한 미인하고 행위를 하기 바로 직전에 여태까지의 상상력이나 기대가 포화상태에 도달하여 급성 임포에 빠지는 경우는 있지만, 보통의 밀회에다가 더욱이 눈에 익은 상대에게서 이런 현상이 일어난다는 것은 역시 이상하다. 증상이 나타나고 꽤 시간이 흐른 후에, 나는 무리를 해서라도 가설을 증명해보고 싶었다.

어떻게 지즈루를 설득했는지는 말하고 싶지 않다. 다만 한 가지, 법률용어 같은 언어로 성실하게 실상을 밝히는 태도를 지켰다. 보모가 아이에게 동화를 읽어주듯이 사실을 말해도, 사람들은 재판관이 법률을 인용하면서 거짓말하는 쪽을 더 신용한다. 그래서, 나는 사실을 재판관처럼 말했다.

지즈루는 이야기를 얼버무리는 타고난 솜씨를 발휘하지도 못하고, 곤혹스런 표정을 지었다. 마침 편도선염을 앓고 있어서 침을 삼키기도 어려웠지만, 도망치려는 그녀를 보디가드처럼 뒤쫓아, 일부러 고행을 사서 하는 듯한 어조로 설을 풀었다. 한 번 조르고는 창피한 듯한 얼굴로 사과하자, 지즈루는 곤혹스런 표정을 벗어던졌다. 그리고 중얼거리듯이 혼잣말로 날짜를 지정했다. 지즈루는 처음이라는 말도, 두렵다는 말도 하지 않았다. 무엇 때문인지 '모르겠어.'라고 했다. 전용 호텔은 사용하지 않았다. 왜냐하면 우리들은 플라스틱 케이스에 든 달걀이 아니었기 때문에. 다행히 부모님은 그날 집을 비웠다. 동생은 영화표를 사주고 내쫓았다.

실험 날에는 비가 내렸다. 이웃 꼬마들이 시끄럽게 굴지 않는 대신에 벽시계 바늘 소리가 너무 시끄러웠다. 침대가 삐걱거리는 소리와 옷이 스치는 소리는 귀를 막고 싶을 정도였다. 나는 긴장하지 않았다. 아쿠마 카즈히도는 나에게 익숙해져 있는 듯하다. 그러나 불구의 아쿠마 페니스는 요도 아니면 정관 어디의 고무가 늘어졌는지 고집스럽게 반 발기상태를 유지했다.

지즈루는 뭉크의 유화 〈사춘기〉의 소녀처럼 눈을 커다랗게 뜨고 팔을 무릎에 교차시킨 채 침대에 앉아 있었다. 나는 그 옆에 앉아 액자그림에 보다 충실하기 위하여 옷을 하나씩 벗겼다. 문득 손장난을 해버릴까 생각했지만, 마유미와의 사건을 상처뿐인 기억으로 간직하고 있는 지금······.

지즈루의 몸매는 화사하다 해야 할지 글래머라 해야 할지 알몸만으로는 판단하기 어려울 정도로 복잡하고 추상적이었다. 방망이 사나이의 반 발기상태에 뭔지 모를 운명적인 것을 느끼고 말았다.

한 차례 애무를 했지만, 아쿠마 방망이는 고집스럽게 중용을 견지하고 있었다. 다시 한 번 오른손을 사용하다가는 상처만 커지고 만다. 나는 그대로 용감하게 돌진하기로 했다.

드라마 없는 드라마

끝과 시작의 근친상간

살려줘

이건 자가 중독이다

지즈루는 눈을 감고 나의 가슴에 귀를 대고 심장의 고동과 초침소리를 비교하고 있는 듯했다. 나는…… 지금 기분이 좋다. 일단 성 교섭은 치렀다. 그러나 아직 계속되고 있다. 나는 임포는 아니지만, 그와 비슷하다. 쾌감은 있지만, 클라이맥스를 체험하지 못한다. 언어로 표현할 수 없는 혐오감이 항문에서 위로 스물스물 기어올라왔다.

　나는 이상한 성감을 얻기는 했지만, 몸의 여기저기에 구멍이 뚫려 마치 공기를 넣자마자 쭈그러드는 풍선이 된 것 같아 괴로웠다. 빗나간 로또로 이 세상에 굴러나온 뒤로, 나는 아쿠마 카즈히도라는 이름에 열정을 불태웠고, 눈에 보이지 않는 그 괴물에 끊임없이 반항해왔다. 괴물의 정체는 아직도 불명이다. 모든 것을 예정된 결말로 이끌어가려는 힘…… 모든 것을 일정한 질서에 짜넣으려는 힘…… 무얼 해도 따라다니는 떡 무늬 도장 같은 '이유'의 힘, 즉 무의미를 허락하지 않는 힘…… 그 외에도 많다. 이 세상의 빗나간 로또들은 서로가 서로를 견제하고, 자신 이외의 빗나간 로또의 성공이나 배반에 대해서 히스테릭하게 질투하고 공격한다. 수많은 빗나간 로또들은 개개의 자립을 지향하여 다른 사람 흉내를 낸다.

엘리트 코스를 걷는 것, 비행으로 달려가는 것, 업계의 유망주가 되는 것, 이혼하는 것, 불륜의 사랑을 하는 것…… 어디를 가나 개체의 자립방법을 배울 수 있다.

나는 성충이 되고 싶었다. 이렇게나 아쿠마 카즈히도를 잘라내고, 부풀리고, 걸작으로 만들려고 노력해왔으니 이제 서서히 새로운 경지가 열려도 좋지 않을까?

피카소는 장밋빛 시대에서 큐비즘으로 자신의 예술을 변모시킬 때, 무슨 생각을 했을까? 나처럼 다음에 무엇이 나타날 때까지 구름이나 먹고 있었을까? 아니다. 한쪽 눈을 감기도 하고, 물구나무를 서기도 하고, 난시 렌즈를 끼고 길가의 돌멩이와 꽃잎을 바라보고 있었을 것이다. 미시마 유키오는…… 이 다음에 아무것도 오지 않을 것이라고, 할복을 준비하고 있었을까. 그렇다면 나는 고흐처럼 귀라도 잘라볼까.

나는 고교시절에 꿈에서 본 것을 현실로 재현해보고 싶었다. 즉, 바벨탑 정도의 암벽에 도전하는 것이다. 나의 록 클라이밍 기술로 겨우 올라갈 수 있을지 없을지 모를 정도로 위험한 암벽을 선택하지 않으면 안 된다. 성패의 확률은 러시아식 룰렛 정도인 죽음의 게임이 될 것이

다. 물론 나는 실패하기 위해 오르는 것은 아니다. 죽음
과 사이좋게 데이트를 하기 위해서다. 이것은 도착의 청
춘에 대한 결산보고서가 될 것이다.

누구든 청춘이라는 싸구려 무대(대부분이 급조된 것이지
만)에서 고뇌, 고통, 부끄러움, 그리고 욕구불만 따위를
심각하게 연기하는 배우가 되지만, 생명을 건 연기일수
록, 맹목적이면 맹목적일수록 드라마틱해진다. 가미가
제가 적함에 부딪쳐가는 것도, 데모대가 스크램을 짜서
기동대에 몸으로 부딪쳐가는 것도, 스포츠나 싸움이나
마약이나 섹스에 열중하는 것도, 피부를 태우기도 하고,
벌거벗기도 하며 길거리에서 난무하는 것도, 똑같은 청
춘이라는 이름의 도착이다. 얼굴에 철판을 깔고 창피한
줄 모르면서 연기를 하면 도취를 맛볼 수 있을지도 모른
다. 일신의 불행을 한탄하는 것도, 국가권력의 횡포에 분
노하는 것도, 특권의식을 무리하게 가지는 것도, 나르시
시즘과 마조히즘을 호화롭게 결합시켜 그것을 즐기는 것
이 아닐까. 내게도 그것을 즐길 자격이 있다고 생각하지
만, 나도 모르게 연기하는 자신을 골계화하는 쪽으로 열
정을 쏟는 버릇이 있어서……

꿈을 재현해볼 장소와 일정을 정해두고도 나는 지즈루

에게 한마디도 하지 않았다. 어쨌든 육체관계를 맺었기 때문에 그녀가 나에게 정을 줄 염려가 있었던 것이다. '위험하니까 그만둬.' 라고 말하는 것 정도는 괜찮지만, 나의 위업을 둘러싸고 음정이 맞지 않는 논쟁이 벌어지면 곤란하다. 가족에게는 '산악부 친구들과 2박 3일로 산에 간다.' 고 해두었다.

출발 직전의 밀회는 왠지 어색해지고 말았다. 나는 침묵을 지켰고, 마주 앉은 카페에서도 오줌을 찔끔한 아이 같은 표정으로 몸을 웅크리고 있었다. 그녀는 벽에 걸린 성화의 눈길로 나를 바라보았다.

"잘 지내고 있니?"

그녀의 물음에, 나는 메마른 웃음을 띠었다.

"나를 귀찮은 놈이라고 생각하고 있지?"

"그런 생각 안 해."

"나를 제멋대로 생겨 먹은 개똥 같은 놈이라고 생각하고 있지?"

"그런 생각 안 해…… 나를 이상한 여자라고 생각하니?"

"천만에. 나는 네게 감사하고 있어. 이렇게 발광 직전의 사나이를 잘도 상대해준다고 감탄하고 있어."

"자기, 발광할 생각이야?"

"그런, 예정 같은 것은 없지만."

"나, 발광을 동경하고 있어. 그렇지만 벌써 발광한 건지도 몰라. 왜냐면 나 자신을 정상이라고 생각하고 있으니까. 나, 젊어서 노망이 들어버릴 것 같아. 역시, 누군가가 나를 생각해주지 않으면 견딜 수 없는 모양이야."

"난, 늘 너를 생각하고 있어. 자기가 꿈에도 나타나곤 해."

나는 하품을 하면서 말했다.

"다행이다. 그럼 아직은 노망들지 않을래."

"넌 뭐라고 할까…… 평범하다고 할까…… 평범한 주제에 제멋대로 비범하게 보이는 구석이 있어."

나는 판단중지의 평론가 흉내를 냈다.

"나는 커리어 우먼이 되고 싶었지만 대학에 들어와서 한 달이 지나고 보니 그것이 무리임을 깨달았어. 그래서 철저하게 평범해지기로 했어. 우둔하고 바보스러워 보일 정도로 평범한 사람이 되자고."

"지즈루, 오늘 말 잘하네."

"가끔 그럴 때도 있어."

나는 그녀가 평소 때와는 다른 분위기를 풍겼기에, 출

신성분이라도 들어볼까 하고 술을 마시자고 했다. 기분이 좋은지 그녀는 흔쾌히 응해주었다.

"술 마시는 건 두 번째."

평범한 스위스 레스토랑에 갔다. 나는 우아하게 와인을 마시고 있었지만, 아쿠마 카즈히도 쪽은 요리에 그리 손도 대보지 못하고 취해서, 지즈루의 과거와 여태 4년 동안이나 수수께끼로 간직하고 있던 내게 눈을 준 이유 등은 묻지도 않고, 저 혼자 떠들어댔다.

"나는 말이야, 이 나라와 똑같아. 모조품이라고 하옵나이다. 모조인간이야. 내가 하는 말, 하는 짓, 모두가 거짓이야. 픽션의 대마왕. 아하하하…… 그리고, 나, 어릴 적부터 죽을 바에는 자살이 좋다고 생각했다. 너는?"

다자이 오사무(일본의 소설가, 여자와 동반자살했다 ― 역자)적인 발언이었다.

"난, 여든까지는 살고 싶어. 멍하게……."

"응, 그것도 괜찮겠는데. 고리대금에는 손대지 마. ……그런데 그대의 아버지는 무얼 하는 사람?"

"의사야."

"의사? 그것 참 곤란한데. 자살이 늘어나면 의사 장사는 파리를 날릴 텐데. 아냐…… 미수하면 돈 벌 거야."

"난 그런 거 몰라. 취했니?"

"미안. 오늘은 말이야, 이상한 날이야. ……그리고, 어릴 적부터 사신과 사이가 좋았어, 그 사신이라는 놈이 말이야, 미시마 유키오야. 나는 자주 그 사람이 등장하는 꿈을 꾼다. 저번에는 정말 재미있었어. 듣고 싶지 않다면 말하지 않겠지만."

나는 은근하게 말했다.

"듣고 싶어."

"그러니. ……나는 수갑이 채워진 채 넓은 마루의 한 구석에서 식사를 하려고 했지. 아무래도 나의 사형식인 것 같았어. 식사가 끝나면 금방 사형집행이 될 거야. 나 참 기가 차서. 나는 다다미 위에 정좌하고 옻칠한 상 위에 놓인 음식을 먹으려 하는데, 반찬이라고는 모두가 내가 싫어하는 것뿐인 거야."

"자기, 무얼 싫어하는데."

"응, 달걀을 넣은 두부와 브로콜리하고 소고기 덮밥이 차려져 있었어. 곧 죽을 몸이니까 특제 장어요리 정도는 먹고 싶은데 말이야. ……바보 같은 말만 하고 있네. ……그래서 투덜거리고 있었지. 그런데 가족의 호의로 미시마 유키오의 불단에 향을 올릴 수 있게 되었다는 간수의 말에, 나는 옆방으로 갔어. 거기에는 불단 같은 것은 없었어. 공기를 넣어 부풀린 비닐제 '미시마 유키오 인형'이 있었어. 나는 너무 웃겨서 참을 수가 없었어. 그렇지만 주위가 너무 엄숙해서 웃고 싶어도 웃을 수가 없었지. 정말 배가 아파서……."

지즈루는 몸을 구부리면서 웃었다.

"비구니가 나에게 말을 걸어왔어. '당신은 혼자서 살아가는 것이 아닙니다.' 라는 거야. 그런데 그 비구니가 바로 지즈루였어."

"엣, 싫어! 우후후후."

"나는 비구니에게 물었지. 무엇 때문에 내가 사형당해야 하느냐고. 그러자 '당신에게 사형판결이 내려졌기 때문이에요.' 라는 말도 안 되는 대답을 하는 거야. 대체 무슨 꿈인지 알겠어?"

"난들 알 리 없지."

"당연히 모르겠지. ……그런데 비구니에게 또 한 가지를 물어봤어. 내가 사형당한 다음 어떻게 되느냐고. 그러자 '인형이 돼요.' 라는 거야. 점점 미궁에 빠져들어가는 데서 꿈을 깼어."

"고민이 있는 모양이지."

나는 조금 멈칫했다. 높은 곳에서 내려다보려는 이 태도…… 조금 취했다는 것을 계산에 넣고 은근하게 말했다.

"그대는 고민도 하지 않는다는 말인가요?"

"도저히 고민이 안 돼. 그게 병이야."

"현실에 관계하려 하지 않기 때문이야."

나는 그렇게 말하긴 했지만, 피고인을 타이르는 재판관의 호령과도 같은 자신의 말에 한기를 느꼈다.

"……그렇지만, 나는 현실이야."

나는 그녀의 말을 소리로 취급하고 흘려들었지만, 머릿속에는 언제까지고 그 울림이 남아 있었다. 나는 현실이야. 나는 현실이야……. 그렇다면 나라는 이 존재는 지즈루의 모습을 빌린 현실과 격투를 벌이고 있는 것이다. 그런 거짓말 같은 한 마디에 입을 다물고 말다니…… 나는, 아니 아쿠마 카즈히도는 멍청이가 되어버렸다.

그런데, 나는 반 발기상태였다. 또 팬티가 조금 젖어 있는 듯했다. 이런 현상은 나와 아쿠마 카즈히도가 서로 친밀하다는 증거일는지도 모른다. 내가 아쿠마 카즈히도를, 아쿠마 카즈히도가 나를 아무하고 교접하려 하고 있다. 최근에는 마스터베이션도 잘 안 된다. 길을 걷다가 갑자기 하는 것도, 집에서 혼자서 하는 것도.

"머리가 혼란스러울 때는 어떻게 하면 좋은지 알고 있니?"

내가 물었다.

"자기는 어떻게 하는데?"

"피스톨이라도 있으면 러시아식 룰렛을 하면 되지. 애석하게도 나는 권총이 없으니 다른 방법을 찾을 수밖에 없어."

"도박을 하면 되니?"

"그럼, 그렇고말고. 흑백이 확실해지니까. 기분이 아주 다를 것 같아."

"도박을 해서 자신을 속이는 거니?"

"그런 거지. 어쨌든 결과를 보고 싶어."

"고활해."

"나에게는 도박밖에 없어. 그대처럼 생각을 잘 굴릴 수가 없으니까."

결국 록 클라이밍 계획을 말하지 않을 수 없게 되었다.

"으늘이 가장 즐거웠어."

그녀는 그렇게 말하면서 손을 흔들었다. 나는 개찰구에서 사라지려는 지즈루를 불러세웠다.

"일이 아주 재미있게 됐어."

지즈루에게

지난번에는 정말 즐거웠어. 실은 지금 카즈히도는 가미가우치에 있습니다. 지금부터 호다카의 다키다니(瀑谷) 페이스라는 암벽을 오를 생각입니다. 도중에서 떨어질지 하늘로 날아오를지 모르겠지만, 위험하다고 포기하고 돌아가거나 목적지까지 올라가서 정상을 정복하거나 하면 죽지는 않겠지요. 딱히 내가 죽기 위해 온 것은 아닙니다. 살아 돌아갈 수 있는 확률은 매우 높습니다. 염려할 필요 없습니다. 죽지는 않습니다.

아무리 생각해보아도 역시 나는 지즈루를 사랑하고 있는 것 같습니다. 그대 앞에만 서면 왠지 마음이 아리는 것은 그대가 나의 마음을 비추어내기 때문일 것입니다. 말하자면, 그대는 나의 눈인 셈입니다. 언젠가부터 나는 지즈루가 되고 싶어합니다. 터무니없는 이야기지만 이 세상에 남자와 여자가 있다는 무서운 진실을 알고부터, 나름대로 나는 그대와 같은 소녀가 되려고 노력해왔던 것 같습니다.

나는 지금까지 자신을 정교한 모조품으로 만드는 일종의 창작활동을 계속해왔지만, 이제부터 가짜 지즈루가 되어볼까 합니다. 사자가 되는 것보다는 즐거운 일일 테니까요. 또 산에서 내려오면 소설이라도 써볼까 합니다. 아무 데서나 볼 수 있는 너무도 평범한 그런 사나이가 인공적으로 자신의 인생을 만든다는, 도착적 나르시시즘과 마조히즘을 섞은 듯한 작업에 열중하는 모습을 직설적인 말투로 크게 부풀려서 쓰면 재미있을 것입니다. 당연히 그대도 모델이 될 것입니다.

그리고 아직 이를지도 모르지만…… 나는 그대와 결혼해도 좋다고 생각한다. 일단 농담으로 들어줘.

그런데 말씀이야, 인간은 모두 미완성의 모조품이지. 옛날 사람의 패러디를 하면서 살아가는 것 같단 말이야. 나도 그래. 나는 누군가의 패러디다. 소설을 읽거나 영화를 보고, 이상한 사람을 만나서 영향을 받을 것이야. 그런 영향을 받으면서 살아가는 거야. 당연히 시대나 상황이 다르므로 결국 패러디가 되고 말지. 나는 미시마 유키오와 지즈루의 패러디다.

자, 이 정도에서 펜을 놓습니다. 돌멩이, 또는 다른 무엇을 선물로 가지고 갑니다. 또 그 장소에서 만나자. 간단히 살아서 돌아갈 테니. 나는 상상 속에서는 몇 번이나 자살했다. 다음에는 동반자살이 어때? 아주 재미있을 거야. 신중하게 한번 해보자. 그리고, 다음 달 밀회 때는 아주 매운 카레라이스를 먹자. 지금 카레가 먹고 싶어 죽겠어. 전차 칸에서 시를 한 수 썼어. 보여줄게.

로또 구슬통 빙글빙글 돌려보니
별 볼일 없는 하얀 구슬 굴렀다
이상하게도 평범한 레디메이드
허리띠엔 짧고 멜빵을 삼기엔 길다
내 목이라도 맬까
오른발 저승에 들이밀고
왼발로 이 세상을 휘저었다
이상한 놈이 되어버렸네
꿈과 현실의 연결기구
어른과 어린이의 혼혈아
남자와 여자의 햄 에그
존재 자체가 패러디인가
내가 나를 조롱하고
눈물 줄줄 요절복통
도대체 너는 누구냐
'인류의 예지가 집결된 미완성의 바벨탑입니다.'

어때, 꽤 괜찮지? 만에 하나, 내가 절벽에서 떨어지면 이 시는 난세의 경구가 될 거야. 너무 잘 짜인 이야기지만. 자신의 죽음을 연출하다니, 대(大)시대적이지 않니. 마치 낭만주의 시인 같아. 그것보다 나는 죽음을 연출하지만 결국 죽지 못했을 때의 그 씁쓸한 기억 같은 것을 좋아해.

오랜만에 이런 젖비린내 나는 편지를 써보았다. 창피하지만 부치기로 한다. 다음 달에 뜨거운 사랑을 나누자구. 자, 이번에는 진짜로 펜을 놓습니다. 건강히.

묘도 없는 환상의 아쿠마 카즈히도

추신

가미가우치의 밤은 숙소를 조금만 벗어나도 칠흑 같은 어두움입니다. 소리만 들릴 뿐인 음침한 세계. 옛날, 내가 이런 장소에 있었던 듯한 느낌이 든다. 아무것도 보이지 않는데 기시감에 사로잡힌다는 것이 좀 이상하긴 하지만.

 **제5악장   브록켄 산의 모조인간**

브록켄 현상 Brocken phenomemon : 안개가 긴 산꼭대기에서 태양을 뒤로하고 섰을 때 사람의 머리 주위로 후광이 나타나는 현상. 독일의 브록켄 산에서 자주 보이는 현상이라 해서 이런 이름이 붙었다.

　도쿄가 이윽고 가을에 접어들 무렵, 내가 있는 곳은 만추를 맞이하고 있었다.

　바로 눈앞에는 세 개의 커다란 혹을 달고 얼룩덜룩한 적황록 삼원색의 털이 난 거대한 기형 낙타가 푸른 하늘을 등지고 드러누워 있다. 겨울이 오면, 혹 위로 드러난 딱딱한 회색 피부에서는 눈처럼 하얀 털이 솟아난다.

　이 지방에는 형태도 크기도 다른 낙타가 많이 살고 있는데, 눈앞에 있는 낙타는 특히 거대한 몸집으로 무리의 보스적인 풍모를 자랑하고 있다.

　이 일대에는 가축을 기르지 않는 유목민이 모여 있다.

그들은 하룻밤을 여기서 지내고 아침 해가 뜨자마자 낙타 등에 올라탄다. 그들의 일은 혹에서 혹으로 이동하는 것이다.

이곳 황천으로 가는 길목 같은 사이노가와라에는 돌탑이 있다. 사람들은 거기서 밥을 짓기도 하고 심심풀이로 돌을 올려놓기도 하는데, 귀신이 와서 무너뜨리지는 않는다.

나는 성급한 유목민들과 함께 혹의 뒤편을 향해 걸어가기 시작한다. 낙타의 혹은 바벨탑이라고도 한다. 지도에는 호다카 연봉(連峰)이라 씌어져 있다. 내가 오를 곳은 혹의 중앙에서도 특히 사람의 접근을 거부하는 다키다니 돔이라는 탑이다.

자신의 과거를 '영웅의 생애' 적인 이야기로 꾸며내어 습관적으로 거기에 도취하는 사람들은 흔히들 인생에는 전기(轉機)라는 것이 있다는 말을 한다. 그러나 전기가 있다는 것은 잘못이다. 그런 건 애당초 없든가, 아니면 한 시간마다 일어난다. 나처럼 먼 훗날에 '영웅의 생애'를 쓰려고 생각하는 사람은 젊은 시절에 전기의 대표작을 만들어두는 게 좋다.

그런데, 전기란 무엇인가? 지금까지 많은 사람들이 거

기에 대해 말했다. 이를테면······.

인도를 5년에 걸쳐 방랑한 사람의 이야기.

사소한 일로 고뇌하던 옛날의 나 자신이 바보 같은 생각이 든다. 옛날에는 나와 똑같은 놈이 일본의 여기저기를 굴러다니고 있어서 기분이 나빴다.

연인의 물건을 절단한 여자의 고백.

나는 그 사람에게 안기고부터 몸도 마음도 몽땅 여자로 바뀌어버리고 말았습니다.

바다에서 조난되어 구사일생을 한 모험가의 이야기.

나는 그 일주일 동안 노인이었다. 나는 나를 구해준 신에게 매일 감사 기도를 드린다.

괴델의 '불완전성 정리'와 만난 철학자의 고백.

나는 하나의 궁극이다. 나는 더 이상 아무것도 말하고 싶지 않다. 지금 나는 괴델의 대리인이 되고 말았다.

교통사고를 당한 양성애자의 이야기.

나는 퇴원한 뒤 성불능이 되었습니다. 수염도 없어지고 몸가짐도 여자처럼 동그랗게 변해버렸습니다. 의사의 이야기로는 뇌하수체에 이상이 생겨 남성호르몬이 분비되지 않게 되었다 합니다. 나는 이제부터 호모가 되려합니다.

전기란 다른 사람이 될 찬스를 말하는 것이다. 나도 아쿠마 카즈히도의 인도를 받아 완전히 다른 사람이 되려 했지만, 늘 실패했다. 지금은 아쿠마 카즈히도도 기진맥진해서 소멸 직전이다. 아니, 그놈은 빈사의 환자처럼 행동하고 있을 뿐이다. 그놈은 반드시 악의에 찬 찢어진 웃음을 보이면서 부활할 것이다.

아쿠마 카즈히도는 나이면서 내가 아니고, 언제라도 타인이 될 수 있지만 타인이 아닌 놈이다. 누구보다도 나에 대해 잘 알고 있는 친구이며, 누구보다도 냉담한 연인이기도 하다. 한마디로 하면, 나와는 무관한 나. 정체가 모호한 존재를 묘사할 때는 자가당착의 논법을 사용하든지, 비유를 사용할 수밖에 없다. 비유적으로 말하자면, 그놈은 나의 그림자다.

지금은 멸종하고 없지만, 예전에 그림자를 먹는 동물이 살고 있었다. 물론 그림자를 먹히면 사람도 동식물도 죽는다. 투명인간은 안 죽을 것이다. 나의 그림자는 아무래도 지즈루에게 먹히고 있는 모양이다.

나는 현실이다, 라고 말하는 지즈루는 내가 지금까지 만난 사람 중에서 가장 영리한 광물적 여성이다. 명석함으로 말하자면 누구에게도 지지 않는 돈 환 최후의 목표인 인형이나 죽음…… 그녀는 그런 것들과 정말 닮았다. 지금까지 나의 어떤 괴이한 행동에도 동요하지 않았던 그녀에게 쇼크를 주기 위해서는, 나 아니면 아쿠마 카즈히도가 다른 사람이 되는 수밖에 없을 것 같다.

나의 의식 속에 신비스럽게 군림하고 있는 돌멩이 공주님 지즈루…… 불행하게도 나는 돌멩이 공주님과 사랑도 아닌 사랑이라는 악마적인 계약을 맺고 말았다. 나는 이 돌멩이에 대한 해석을 둘러싸고 착란을 일으키고 있는 것이다. 생각다 못해 나는 도박을 벌이기로 했다. 이렇게 된 이상 죽음과 삶의 경계 같은 데로 들어가서 다른 사람이 되어보는 것도 좋지 않은가 하고.

내가 실수해서 죽을 확률은 어느 정도일까, 어제 갓바(河童) 다리 근처를 산책할 때 지나가는 중년신사에게 농담조로 물어보았다. 산 사나이에게 그런 종류의 농담이 통할 리 없을 테니까, 젊은 여자를 데리고 9월 하순의 고산지대의 단풍 구경을 온 돈 많아 보이는 남자를 골랐다. 상대는 처음에는 어리둥절해하다가, 이 젊은 녀석이 놀리는 거라고 생각했는지, 제국호텔로 같이 가서 맥주라도 마시면서 함께 생각해보자고 했다.

매년, 9월이면 여기서 일 년치의 휴양을 한꺼번에 보

내지. 9월의 고산지대는 여름 가을 겨울이 마구 섞여 있어서 아주 좋아. 아침에는 얼음이 얼고…… 산 위는 벌써 겨울일 거야. 우리는 산을 오르지 않으니까 심심해. 자네처럼 특이한 사람과 이야기하고 싶었어.

중년신사는 같이 온 여자에게 동의를 구하는 표정을 지었다. 그는 햇볕에 꽤 그을린 얼굴이었다. 그 피부를 한 겹 벗겨내면 꽤 신경질적인 경영자의 모습이 드러날 것 같았다. 여자는 룸살롱에서 아르바이트하는 기술과목 선생 같은 분위기였다.

그가 아무 말을 하지 않았는데도 레스토랑의 웨이터는 맥주와 소시지를 가져왔다.

오, 다키다니 제4능선을 오른다고! 그곳은 꽤 험해. 난 엉터리 등산쟁이라서 말이야, 그렇게 목숨을 건 도전은 하지 않아. 암벽 사진 위에 연필로 본을 뜨는 것만으로 충분히 스릴을 느껴.

상상력이 풍부하시네요.

아냐, 젊은 시절에는 오른손만으로가 아니라 온몸을 던져 기어올랐지만 애석하게도 그렇게 성공적이었던 것 같진 않아. 이래 봬도 알프스의 더류 서벽이나 마터호른의 남벽을 시도한 적도 있지. 청춘의 추억치고는 좀 사치스럽지 않은가? 나는 가이드를 따라 등정했지만 자네는 단독 등정이라. 혼자일 때는, 아무래도 체념해야 할 때는 빨리 체념하는 게 좋아. 내려오건 올라가건…… 떨어지 건 말이야.

엊그제, 클라이머 하나가 추락해서 죽었다던데요. 혹 시 당신 자살이라도…….

나는 두 사람이 묻는 말에 모호하게 고개만 끄덕였다. 그건 그렇고, 이런 고지대에서 마시는 맥주는 정말 맛이 좋아. 위장이 술통으로 변하니까 얼마든지 넣을 수 있지.

자살이 목적이 아닙니다. 일단 위험은 피하면서 공격 할 생각입니다.

그렇게 하는 것이 좋아요. 아직 젊으니까.

부부이십니까?

아녜요. 불륜관계지요. 주간지에 나오는 것처럼, 웃으 시겠지만요.

여자는 자포자기적인 웃음을 터뜨렸다. 거기에는 일 말의 비장감이 있었다. 이제 곧 이 사나이에게 버림받을 것임을 태풍 전야의 생쥐처럼 느끼고 있는 것 같았다.

퀴즈를 하지 않을래요? 나는 실연했을까요, 아직 하지 않았을까요? 맞춰보세요.

실연이라, 자네는 아직 사랑을 모르는 것 같은데.

앗, 그건 선택지에는 없긴 하지만, 거의 정답에 가깝습니다.

나는 서비스정신을 발휘해 익살을 떨었다.

어쩌면, 당신은 이 사람과 똑같네요.

여자는 남자의 20년 전의 모습을 보는 눈으로 나를 보았다. 남자는 겸연쩍은 몸짓을 표나게 해야 할 만큼 겸연쩍어했다.

사랑이란 언제나 혼자서 하는 것이라고 어느 작가가 쓴 글을 본 적이 있다네. 여자를 몇 거쳐본 사람은 모두 그렇게 생각하는 모양이야. 나도 그렇게 생각하지. 어쨌든 이 여자와는 헤어질 생각이야.

도사 같은 발언이었다. 그 다음, 나는 약 한 시간 반에 걸쳐 자칭 돈 환의 여성편력을 들어주어야 하는 지경에 빠지고 말았다.

돈 환은 결코 제 성격을 고칠 수 없는 남자다. 인도에 가든, 조난을 당하든, '불완전성 정리'를 배우든…… 핵전쟁 후의 초토에서도 여자를 찾아 헤매는 시지프스의 형제.

그의 절망적인 고백은 지금부터 로맨틱한 젊음의 낭비

를 향해 달려가려고 하는 나를 실망시켰다. 연장자의 이
야기에는 배울 점이 없다. 그도 내 나이 때는 그렇게 생
각했을지도 모른다. 당신은 20년간 같은 짓을 반복할 수
밖에 없었겠죠. 어쩔 수 없는 일이라고 중얼거릴 때의 표
정은 갈고닦은 노련한 기술 그 자체였구요. 이런 중년신
사는 인기가 있단 말이야.

그는 이야기가 끝나자 나와 내기를 하자고 했다. 내가
다음날 돌아왔을 때, 두 사람이 파국을 맞이했을까 아닐
까라는 것이었다. 나는 그녀의 매력 쪽에 걸어, 당신은
그녀를 버리지 않을 것이라고 말했다. 그는 그 말을 받
아, 그녀는 나와 인연을 끊어줄 것이라고 말했다. 내가
이기면 그는 이만 엔을 주고, 그가 이기면 나는 그녀를
위로하면서 도쿄까지 데려다 준다.

어떻게든 학생이 이기도록 해주어야 할 텐데.

눈을 올려 뜨고 나를 바라보는 여자의 모습…… 너무
귀여워.

도박이 성립한 다음 그는 등정의 성공을 위하여, 라면
서 풀코스의 디너를 사주었다. 푸아그라(foiegras) 소스
의 서로인(sirloin) 스테이크는 그런대로 수호신이 되어
줄 것 같았다.

황천길 길목인 사이노가와라의 일출은 뭉크의 〈절규〉에 나오는 그런 하늘이었다. 하늘 가득히 퍼져가는 스크린에는 목성의 줄무늬를 연상시키는 빨강, 회색, 황색의 띠가 훨훨 춤을 추고 있었다.

나는 산장에서 계란 국을 마시고 나서 다시 한 번 장비를 확인하고 암벽을 향했다. 기온은 영하였고 냉기가 눈을 파고들었다. 이런 추위에는 늦잠을 잘 여유를 부릴 수 없다.

암벽으로 가기 위해서 북호다카 봉이라는 혹을 넘는데, 거기까지는 극채색 낙타의 털(별명 시라비소, 다케칸바, 나나카마도) 사이를 걷는다. 위로 올라갈수록 털은 듬성듬성해지고, 낙타 본래의 메마른 풀빛이 나타나고, 거기에 눈잣나무라고 하는 한쪽으로 기울어진 털이 섞여 있다.

혹 봉우리에는 몇 개의 굵은 혈관이 치달리고 있다. 나는 두 군데 쇠줄이 붙어 있는 남쪽 능선 쪽의 혈관을 따라 오른다. 청명한 공기와 좋은 날씨 덕분에 새하얀 바다와 섬들을 내려다볼 수 있다. 나는 그림엽서 풍경에 용해되어간다.

북호다카 봉까지는 세 시간의 도정이었다. 다키다니

제4능선은 여기서 골짜기를 45분 정도 내려간 곳에서 올라야 한다. 폭포 길에는 크고 작은 다양한 돌 조각품이 버려져 있어 조심하지 않으면 작품명도 알 수 없는 거대한 기념물과 함께 골짜기 아래로 떨어지고 만다.

30분 정도 지나면 골짜기가 갈라지는 곳에 이른다. 거기에서 풀이 난 길을 올라가면 스노 콜이라는 움푹 팬 지형이 나온다. 그 앞에도 액체분자의 배열처럼 돌들이 서로 몸을 부비고 있는 장소가 있다. 나는 거기서 낙석을 일으켰다. 베개만 한 돌이 떨어져 당구공처럼 돌을 치면서 뿌리 없는 돌들을 거느리고 굴러 간다. 밑에는 사람이 없다. 나는 낙석을 막간극처럼 바라본다. 낙타의 봉우리에도 이러한 신진대사가 필요한 것이다…… 라고 제멋대로 고개를 끄덕이면서.

10시 반이 되었다. 북호다카의 산정에는 스무 명 정도의 등산객이 있었지만, 이 다키다니에는 나 혼자다. 혼자서 암벽에 달라붙는 우스꽝스런 용맹성을 한 번은 지즈루에게 보이고 싶었다. 아무도 지켜보지 않는다는 것은 실로 무섭기 짝이 없는 일이다. 파트너와 자일로 몸을 묶고 서로를 지켜보면서 오르는 것이 보통이지만, 나는 자일조차 없다. 그렇기 때문에 도중에 등산을 단념하고 수직으로 하강하여 안전한 테라스로 돌아갈 수도 없다. 이렇게 수지가 안 맞는 일에는 자기도취의 탁월한 기교가 필요하다.

스노 콜에 달라붙어 한 시간을 고생하여 두 개의 칸테(암벽이 튀어 올라 온 부분)를 넘어선다. 최초의 A칸테는 능선을 외줄타기 하듯이 걷는데, 경사가 완만하므로 힘들지 않다. 다음의 10미터 길이의 B칸테는 암면이 미끄럽고 잡을 곳이 마땅치 않아 꽤 긴장하지 않으면 안 되었다. 암벽에 잘 적응하여 어떻게든 공포심을 이기면서 오르기는 하지만, 팔의 근육이 떨리기 시작하면 무아지경에 빠지게 된다. 소뇌가 커지고, 손에는 개구리 발의 흡반 같은 것이 생겨난다. 다리는 침팬지처럼 암석에 달라붙을 수 있다. 클라이밍 애니멀은 어느새 칸테를 넘어서고 있다.

C칸테까지는 50미터의 릿지(암벽의 등)를 오른다. C칸테에서는 아무런 어려움이 없었다. 중간쯤 지나자 거친 호흡도 안정되고 손발도 돌에 익숙해졌다. 여기서부터 난코스가 계속되기 때문에 그전에 암벽 앞의 테라스에서 가벼운 식사를 한다. 배낭 안에는 롤빵과 팥을 넣은 잼, 살라미 소시지 등이 들어 있다. 비상식량으로 가지고 온

초콜릿과 브랜디도 있다.

다키다니는 자주 비단으로 옷을 갈아입는다. 맑은 날에도 오후가 되면 거의 반드시 안개 비슷한 하얀 비단을 두른다. 때때로 강한 바람이 위에서 바위를 핥듯이 불어오면, 비단 숄은 소리도 없이 벗겨진다.

이 얼마나 사치스런 식사인가. 여기에는 고급 와인도 테이블도 없고, 눈치 빠른 웨이터도 없지만 시원한 안개의 흐름 속에 솟아오른 암봉을 내려다보기만 해도 롤빵 하나와 살라미 두 조각의 식사는 파티로 바뀌어버린다. 한 모금만 축배를 들자.

뭔가 울리는 듯한 소리가 들렸다. 귀울림인가…… 허스키 보이스 같은 바람의 높은 톤도 섞여 있다. 아마도 그것은 암봉이 파이프 오르간이 되어 공기를 울리기 때문이리라. 직각으로 날카롭게 갈라진 크랙이나 걸리(암구)로 바람과 물이 통과하면서 정적의 음악을 울리는 것이다. 나는 그 오르간 연주회의 유일한 관객이다. 그러나 암봉 오르간은 관객을 차갑게 맞이하고 있다. 강풍의 음악을 연주하고 난 다음, 관객을 죽음으로 몰아넣을지도 모른다.

10분 정도가 지나자 나는 리듬도 멜로디도 없는 음산

한 오르간의 화음을 견딜 수 없었다. 명랑한 재즈나 거리의 소음이 듣고 싶다는 생각을 하는데, 나의 중추신경은 어처구니없게도 헝가리 무곡을 연주하는 것이다. 거기에다 전화벨 소리나 50CC 오토바이의 감기 걸린 듯한 엔진소리 등도 울려나왔다. 귀의 외측과 내측의 역겨운 합주!

나는 허둥지둥 짐을 챙겨 그 거북한 테라스를 뒤로한다. 이대로 40미터의 암탑을 올라가버릴까 보다.

초등학생 시절, 공원의 돌담을 기어올라가기도 했다. '엄마, 여기 봐.' 라고 득의양양해하는 나를 보고 그녀는, 높은 곳에 올라가고 싶어하는 사람은 바보 아니면 닭이라고 말했다. 그럼 영리한 사람은 구멍 속으로 들어가는 건가요, 라고 반문하던 꼬마였던 나는, 드디어 그럴듯한 장비까지 갖추고 상당한 트레이닝을 쌓은 증상이 더 심각한 멍청이가 되었다.

왜 산을 오르는가? 라고 사람을 바보 취급하는 누군가의 질문에, 저 유명한 알피니스트는 이렇게 대답했다.

내 몸은 산을 오르기 위해 만들어졌다.

내가 지금 오르고 있는 암벽을 한겨울에 오르다가 추락사한 일본의 젊은 등산가의 배낭에서 수기가 발견되었는데 거기에는 이렇게 씌어 있었다.

나는 바위가 되지 못했다.

나는 그의 탄식을 이해할 수 있다. 그는 분명 추위와 배고픔과 사고능력이 제로에 가까워질 정도의 공포 속에서 문득 자신이 그냥 인간일 뿐이라는 것을 느꼈다.

산을 오르기 위해 만들어진 몸이란 암벽의 일부가 될 수 있는 몸을 두고 하는 말이다. 이 울퉁불퉁하고 거대한 무기물의 가슴을 엄마의 가슴과 비교하는 것은 기분 나쁠 정도로 어리석은 일이겠지만, 어쨌든 그들이나 나는 바위에 안기고 싶은 것이다.

암탑의 걸리를 도마뱀처럼 기민하게 올라가면 작은 암탑이 나온다. 이 언저리에서부터 페이스는 떨어진다. 손잡이가 쏙 빠져서 손에 암석 조각을 쥔 채 몇 초 동안 비행할 수도 있다. 섬세한 바위의 피부를 더듬는 나의 손은 세밀한 부분까지 붓질을 해야 하는 화가처럼 긴장하지 않으면 안 된다. 그런데, 이건 거의 부녀자를 폭행하는 손놀림이 아닌가.

아까 마신 브랜디가 의외로 효과를 발휘하는 것 같다. 수면부족인 탓도 있겠지만 손발이 둔해졌다. 이것은 위험하다, 라고 머리는 말하지만, 몸은 나 몰라라 하고 그냥 잠들고 싶어한다. 암탑의 정상에서 신장 3미터, 체중 400 킬로그램의 거인 아버지가 투명한 자일로 나를 보호해주고 있다고 생각하는 순진하기 짝이 없는 나라는 아이.

나는 믿을 수 없는 스피드로 암탑을 올라갔다. 암탑의 최고봉에 장승처럼 우뚝 서서 다시 암봉의 오르간을 내려다본다. 그때, 안개 속에서 동물의 울음소리 같은 것이 들려왔다. 귀를 청진기로 바꾸…… 아니, 저건 사람의 음성이다. 누군가 올라오고 있는 것인가, 조난당한 사람이 신음하고 있는 것인가…….

나는 잼을 빨면서 잠시 기다려보았다. 나처럼 미친 사나이가 암탑의 벽을 타고 오르는 것을 보고 싶었다. 엇, 나 같은 멍청이가 있군, 하고 서로를 쳐다보는 얼굴과 얼굴……. 혹시 올라오는 사람이 바벨탑에 사는 전라의 로렐라이가 아닐까, 라는 에로틱한 망상 따위를 해본다.

나는 명랑하게 야아 — 하고 외쳤다. 그러자 오르간의 파이프에 목소리가 공명하여 코러스가 된다. 나의 테너 음성은 한 옥타브 위의 소프라노의 소리로도 들린다. 고대인은 에코를 듣고, 산에는 악마가 있다고 생각한 모양인데, 현대인인 나도 기분 나쁘다. 나의 음성을 톤이 높은 장난꾸러기의 목소리나, 젖이 큰 여자의 음성이나, 배가 툭 튀어나온 남자의 베이스로 바꾸어버리기 때문이다.

암탑의 정상에서 15분 기다려보았지만, 클라이머의 그림자도 요괴의 모습도 보이지 않았다. 이 암벽에 달라붙어 있는 것은 나뿐일 테지만, 사람이 있는 듯한 느낌이 점점 더 강해진다. 나보다 먼저 도전한 사람이 있는지도 모른다. 나는 암탑 건너편의 콜로 하강하면서, 험난한 크랙과 D칸테를 올려다보지만, 아무도 없다.

크랙 등정을 하면서 식은땀을 흘렸다. 바위의 갈라진 틈에 끼워넣은 손이 빠지지 않는 것이다. 경련을 일으킨 바위의 질, 나의 손을 잡고 놓아주지 않는 바벨탑의 주인……

고독은 나를 더 심하게 압박하고 있었다. 고독은 창작욕을 자극하고 로렐라이와 윌리엄 윌슨을 만든다. 지금 인기척이 점점 더 강해지고 있다. 이 리얼리티는 무엇인가. 마치 뒤에서 금방이라도 누군가가 헤헤 웃으면서 등을 만지려고 하는 듯하다. 보라, 바위의 갈라진 틈은 체온을 띠고 매끈매끈한 물기를 머금어가지 않는가.

천천히 손을 뒤틀면서 빼낸다. 다섯 손가락에는 바위의 이빨에 물어뜯긴 자국이 남았다. 염려할 만한 상처는 아니었지만 나는 불안했다. 누군가가 엉덩이를 밀어올

리는 것을 느낀다. 자, 서둘러. 크랙 위의 테라스까지 이
제 7미터…… 3점 지지의 원칙도 잊어버리고 손발을 프
로펠러처럼 회전하면서 올라가버린다.

테라스에 서서 우선 심호흡을 한다. 그때, 배낭이 갑자
기 가벼워졌다. 그리고 환청이라고 웃어넘길 여유도 없
이 명료한 발음으로 속삭이는 소리가 들렸다.

나는 너를 단 한순간이라도 잊은 적이 없어.

셔츠의 안에서 차가운 비가 내린다. 다키다니 돔에서
는 많은 사람이 죽었으니까…… 자일에 몸이 휘휘 감긴
망령, 갈라진 헬멧 사이로 검붉은 피를 흘리는 사신이 나
를 지옥으로 유혹하기 위해 온 것인지도 모른다. 아니,
모든 것은 나의 중추신경의 장난이다. 이 고독이란 놈은
심술궂은 예술가니까…… 애써 얼굴 근육을 풀고 활짝
웃으면서 뒤를 돌아본다. 보이지 않는 적을 추격하는 탐
정이 되어 나는 주위를 둘러본다. 탐정의 눈은 지금 내가
서 있는 암탑의 정상에 못 박힌다. 어라, 아쿠마 카즈히
도가 바위 틈 사이에 갇혀 있는 게 아닌가.

어이, 너 거기서 뭘 하고 있니?

아쿠마는 암석처럼 경직된 웃음을 띠며 나를 본다.

네가 오기를 기다리고 있었어. 도와줘.

도와달라고, 어떻게 하면 되지?

나를 위해 죽어주지 않을래.

내가 죽으면, 너라고 해서 살아남을 수는 없을 텐데.

아냐, 난 살아남을 수 있어.

그러자 아쿠마 카즈히도는 암벽의 틈에서 사라져버렸다. 아쿠마! 라고 외쳐보았지만, 대답은 없고, 단지 허공에 단순한 카논(canon)이 울려 퍼질 뿐이었다.

시계는 오후 1시를 가리키고 있었다. 테라스 밑은 점점 짙은 안개에 둘러싸여 간다. 나의 의식도 1미터 앞을 내다볼 수 없을 만큼 안개에 싸여갔다. 나는 D칸테의 경사면에 발을 디디고 있다. 이것이 제4능선 최후의 40미터 핀치다. D칸테를 자일 없이 오르는 사람은 그렇게 많지 않다. 상당한 테크닉을 습득하고 있든지, 언제라도 자살자로 바뀔 각오가 되어 있든지, 그런 사람만이 오른다.

최초의 오버행(overhang)은 무사히 넘었지만, 두 번째 오버행에서 오도가도 못하는 신세가 되었다. 발 디딜 곳을 확보해뒀을 때라야 과감하게 오를 수 있다. 나는 겨우 두 다리를 붙일 수 있는 좁은 스페이스에 매달린 꼴이 되었다. 이대로 가만있다가는 사신이 나의 가랑이 사이를 지나가게 될 것이다. 그전에…… 손톱을 세워 비교적 단단해 코이는 홀더를 붙잡고 팔 힘으로 상체를 끌어올린다. 다리가 공중에 뜬다. 대퇴부를 바위에 밀착시키고 프리쿠션을 걸면서 몇 센티미터씩 위로 이동한다. 이 비상사태에 나의 페니스는 반쯤 발기하여, 그럴 마음도 없는데 광물화한 글래머 로렐라이 양에게 서비스를 받는 듯한 착각에 사로잡혔다. 고무가 늘어진 수도꼭지에서 완만한 사정이 시작되었다. 아무런 쾌감도 일어나지 않는다. 예리한 바위조각이 귀두를 찌르고 있기 때문이다. 엎친 데 덮친 격으로 손톱 끝을 세워 무리하게 다리를 펼치다 보니 종아리에 쥐가 나고 말았다.

꼴이 말이 아니다. 자의식 과잉의 로맨티스트는 그렇게 하여 팔의 근육이 더 이상 버틸 수 없을 때까지 절망적인 마스터베이션을 할 수밖에 없었다.

나의 둥근 등 위에 누군가가 말 타듯이 올라타서 속삭이는 것이다. 또 중추신경의 장난질인가. 시발, 이제는 정말 어쩔 수 없다. 15센티미터만 더 팔을 뻗치면 난국을 타개할 수 있는데…….

잠깐, 부탁이야 손을 좀 빌려줘. 나중에 신세는 갚을게. 정말이야, 프랑스 요리를 살 테니까.

그렇게 할 수 없는 것이 부처님 마음. 오나니스트는 최후까지 자신의 의지를 관철하지 않으면 안 돼.

당신은 도대체 누구십니까?

미시마 유키오다. 나를 일부러 불러낸 것은 자네야.

그것 참 이상한데. 나는 덧치 와이프(Dutch wife) 같은 미시마 유키오 인형을 지명한 적이 없어요.

이놈! 뻔뻔스럽기는…… 좋아. 이제 곧 추락사할 청년을 핍박할 생각은 없어. 어때, 나의 죽음을 넘어설 수 있을까? 인생 교훈이라도 하나 설교해줄까?

미시마 유키오는 음정이 반쯤은 빗나간 목소리로 노래인 것 같기도 하고, 중얼거림 같기도 하고, 시 같기도 하고, 헛소리 같기도 한 연설을 하기 시작했다.

사람의 일생이라는 것은 말이지, 태어나기 전부터 결정되어 있는 거야. 환경이 사람에게 끼치는 영향 따위는 겨우 20퍼센트에 지나지 않아. 매미를 불쌍하게 생각해줄 정도로 멋진 게 아냐. 빛의 세상에서 겨우 할 수 있는 일이란 나무에 걸터앉아 소음을 사방으로 흩어 보내든지 포충망을 가지고 따라다니는 놈에게 오줌을 갈기는 정도에 지나지 않아. 인간이 지금까지 해온 것은 매미와 별다르지 않아. 모두 분자의 운동이지. 만물은 일(一)의 반복에 지나지 않아. 어느 정도의 지능지수를 가지고 있으면, 이런 반복에 지치고 말지. 그렇다면 만물은 일(一)의 반복이라는 정리를 깨뜨리지 않으면 안 돼.

이야기가 꽤 철학적이군요. 무슨 말을 하고 싶은지는 잘 알겠습니다. 그 一이란 세계와 인간의 시초라는 것이지요. 그렇지만, 애당초 一이 존재할 근거는 없지 않겠어요. 그럼에도 불구하고 만물은 一의 반복이라는 식으로 폼 나는 말을 해도 좋은가요?

그런 식으로 나올래. 좋아, 이야기를 바꾸어보지. 자네는 오나니스트와 마조히스트의 차이를 알고 있는가.

나는 오나니스트가 더 위대하다고 생각합니다. 왜냐하면 마조히스트는 상대를 필요로 하기 때문입니다. 마조히스트보다 머리가 나쁘면, 마조히스트의 놀림감이 될 것이고, 이상한 계약을 맺어버리기도 할 테지만, 상대가 동업자라면 마조히스트가 어떻게 자신의 재능을 발휘할 수 있겠어요. 그런 점에서 오나니스트는 계약이 있어도 좋고 없어도 좋지요.

언어게임이야, 그건.

언어게임(言語個妊)이지요. 상대가 있거나 말거나 관계없으니까요. 이것은 오나니입니다. 나는 그 누구라도 존재의 덧없음을 느끼는 순간 오나니스트로 진화한다고 생각합니다.

흠, 그것은 나에 대한 아주 양심적인 빈정거림이로군. 자네는 내가 할복자살한 것도 칼로 하는 오나니라고 생각하는구먼.

나의 중추신경이 제멋대로 만들어낸 미시마 유키오는 어느새 미시마 유키코로 바뀌었다.

옛날부터 할복과 오나니는 떼려야 뗄 수 없는 관계였지요. 님에게 충성을 다하기 위해 할복한다는 것은 반동 정치학자의 속설입니다. 그렇지만, 유키코 양, 나는 당신이 죽지 않기를 바랐어요. 당신에게는 아직 오나니스트가 되는 길이 남아 있었기 때문에. 자신이 속하고 있는 육체를 변화시킬 길이 남아 있으므로. 그것은 생각보다는 간단합니다. 뇌하수체의 부신피질계에 약간 손을 대면 되는 것입니다. 또는 여성호르몬 주사를 맞는다든지…… 옛날부터 통용되는 방법은 거세라는 것이지요. 할복 대신에 거세를 했더라면, 당신은 요절자에게 콤플렉스를 느낄 아무 이유가 없었지요.

오나니스트에게는 할복보다는 거세 쪽이 상위개념이라고 말하고 싶은 게로군. 지금 의식이 조금씩 여자로 바뀌어가는 자네의 솔직한 의견이라고 보면 되겠지.

그렇습니다. 몸이 바뀌면 당연히 의식도 바뀌는 것이지요. 역으로 말해, 그런 생각을 열심히 하면 몸도 바뀔 수 있는 것입니다. 어쨌든 나는 자신이 남자라고 단언할 자신이 없습니다. 첫째, 남자여서 좋았다는 생각을 해본 적이 없습니다. 섹스를 해도, 언어게임을 해도, 오나니를 해도, 쾌감을 느낀 적이 없었어요. 나는 집단에 충실한 병사가 되어 복종하는 쾌락과는 인연이 없었습니다. 그렇기 때문에 모든 일에서 쾌락을 구하고, 언제 어디서라도 천국에 올라가려고 발버둥치는 시민주의적 쾌락주의자들에게 불굴의 전투태세로 대해온 것입니다. 그런 점에서, 나는 당신이 했던 일을 반복하고 있는 셈입니다.

잘 알았네. 그렇지만, 애석하게도 그것은 유언이 될 것 같구먼. 저 세상에서 만나자고.

자살은 내일이라도 할 수 있다. 나는 이 오버행에서는 죽지 않는다. 이렇게 된 이상 일발 승부를 걸겠다. 오른쪽 위 50센티미터 정도에 꽤 단단해 보이는 홀더가 있다. 공중에 뜬 다리에 반동을 걸어 오른발의 구두 밑창으로 그 홀더를 잡아보자. 하나, 둘, 셋, 박자를 맞추어 쇠종을 치듯이……. 애석하게도 그 시도가 실패하는 바람에…… 자세는 더욱 위험하게 흐트러지고 말았다. 시속

200킬로미터로 중추신경을 질주하는 죽음의 예감. 수많은 영상들이 깜빡이는 스트로보(strobo)의 빛이 되어 교차한다.

UFO처럼 공중에서 춤을 추는 목, 목, 목. 턱을 위로 치켜세운 첫사랑의 여인 란코의 목, 이빨을 온통 드러내고 웃는 첫사랑의 사나이 아즈키의 목, 입술을 오므리고 불만스런 표정으로 키스를 닦달하는 엉덩이가 가벼운 마유미의 목, 도금을 한 듯한 지즈루의 목, 시건방진 동생의 목, 이전에 말의 몸에 달라붙어 있었음 직한 유난히 기다란 미시마 유키오의 목, 옛날에 집에서 키우던 시바견의 하품하는 목, 기념사진을 찍을 때의 얼굴 표정을 한 어머니 아버지의 목, 이름 따위는 모두 잊어버린 헤아릴 수 없이 많은 인간의 목이 전차놀이를 하는 듯이 기다란 로프의 고리에 연결되어 루프 코스터(loop coaster)처럼 굉음을 내면서 공중을 돌고 있었다. 여러분, 미안해요. 정말 좋은 사람들이었다. 무수한 목들은 하얀 연기를 뿜어내고 있다. 용이다. 용의 꼬리가 나에게 손짓하고 있다. 그것은 죽음의 유혹인가?

용은 지혜의 동그라미처럼 복잡한 매듭을 만들어가면서 빙글빙글 변신하고 있다. 상업극단의 무대에 서서 비틀어진 웃음을 얼굴에 고정시킨 초등학생 아쿠마 카즈히도, 실험실의 실험대에 큰대자로 누운 중학생 아쿠마 카즈히도, 개목사리를 달고 네 발로 기면서 지즈루에게 끌려가는 재수 학원의 아쿠마 카즈히도, 그리고 용의 질에서 머리만 내밀고, 개새끼라고 외치는 아쿠마 카즈히도…… 용의 기다란 몸에 달라붙어 있는 목은 모두 아쿠마 카즈히도가 되었다.

시발, 나를 천국으로 데려가겠단 말이지. 잠깐 기다려, 내가 정말로 죽는 거야? 어떻게 좀 해줘, 너무 냉정하잖아. 내가 뭘 잘못했다고 이래. 어이, 지금부터 평범하게 살 테니 용서해줘. 이제 참을 수 없다. 팔이 결린다. 장딴지에는 격통이. 역시, 나는 죽는 거로군. 오나니스트가 되지도 못하고 미시마 유키오의 전철을 밟고 마는군. 사요나라. 어차피 죽을 바에는 0.5초라도 더 살아서 죽는 순간을 봐주자. 그러려면 가능한 한 장애물이 적은 곳을 골라 떨어지는 것이 좋다. 에잇, 10분간 달라붙어 있었지만, 이제는 안녕이다. 화려한 다이빙을 보여주지. 너무 슬퍼. 자신의 죽음에 솔직하게 울자. 이것으로 나도 요절자 부류에 들어간다. 그렇게 형편없는 인생은 아니었어. 나 같은 이상한 놈과 사귀지도 않고 지나왔으니 말이야. 그런데, 내 몸은 어떻게 될까. 미시마 유키오는 자신의 사체가 어떤 모습을 하고 있을지 예상할 수 있었겠지만, 내 경우는 여기저기 뼈가 부러져 형체를 예상하기 힘들어. 첫 바위에 부딪칠 때 아플까?

나는 바위에 부닥치는 순간에 무엇을 볼 것인가를 알기 위해 소매로 눈을 비벼, 눈물을 닦았다. 그리고 두 번 심호흡을 한 다음, 팔을 세워 엎드리듯이 오버행에서 손을 뗀다. 그때, 자신의 몸이 사라진 듯한 기분이 들었다. 그 직후, 아쿠마 카즈히도와 무수한 타인들의 목이 DNA의 사슬처럼 꼬여 있는 용의 몸을 다시 한 번 보았다. 자포자기의 심정으로 그 가느다란 꼬리에 달라붙는다. 다시 몸의 무게를 느꼈다.

이상하게도 밑으로 떨어지지 않는다. 앞뒤 아무 생각 없이 꼬리를 끌어당긴다. 어느새 오버행을 넘고 말았다. 내가 뭘 했지?

용의 꼬리로 보이던 것은 기적적으로 하켄에 엉켜 있던 버려진 나일론 끈이었다. 아마도 누군가가 자신을 고정시키기 위해 사용한 것일 게다. 왜 이렇게 나는 악운에 강한가. 결국, 제4능선을 프리 클라이밍으로 넘어선 것이다. 그 다음은 어려운 곳이라고는 없으니 산책이나 마찬가지다. 나는 아쿠마 카즈히도에게 구원받은 셈이다. 모든 것을 포기하고 자신이 놓인 상황을 잊어버린 순간에 그놈이 구원의 손길을 던져준 것이다.

나는 잠시 동안 여기에 있는 사람이 누군지를 몰랐다. 그러다 식은땀에 흠뻑 젖은 셔츠와 팀파니를 난타하는 듯한 심장의 고동이 자신의 것이라는 것을 알게 되었다. 팔은 3일분의 힘을 모두 쏟아 부은 때문인지 완전히 플라스틱으로 만든 의수처럼 뻣뻣했다. 장딴지는 화살에 맞은 듯했다. 머리카락이 하얗게 센 것은 아닐까?

나는 몽유병자처럼 걸어서 돔의 정상에 도착했다. 위는 주먹만 한 돌멩이가 든 것처럼 아렸다. 나는 저도 모르는 사이에 자궁 속 태아의 포즈로 그 자리에 누웠다.

인간은 죽음 직전에 이르러 과거를 일순간 이해하게 된다고 한다. 즉, 마르셀 프루스트가 코르크로 감싸인 방에서 20년 가까이 행한 것을 일순간에 해치워버린 것이다. 물론, 죽어버렸다면 기록은 남지 않을 테고, 그 체험을 미래의 양식으로 삼는다는 건 어림없는 소리다. 그렇지만 나는 살았다. 죽음 5초 전까지 체험했다.

그러나 뭔가가 이전과는 다르다. 살아남기는 했지만

몸의 내용이 다른 것과 바뀐 듯한 기분이다. 지금까지는 불투명한 회색의 어두침침한 액체였지만, 지금은 무색 투명, 무미무취의 액체가 들어차 있다. 기분이 정말 상쾌하다. 과거의 편력을 비디오테이프로 본 다음, 그 기억을 깨끗이 지워버린 것 같다.

나는 아쿠마 카즈히도가 무엇인가를 알아버리고 말았다. 이제 아쿠마 카즈히도는 수수께끼도, 아무것도 아니다. 그놈은 타인의 몸이나 사고회로를 복사하는 기계다.

인간이란 '나'와 '저'의 부분과, 아쿠마 카즈히도라든지, 미시마 유키오와 같은 모조인간의 부분이 억지로 합성된 존재이다. '나'는 유전자나 단백질의 번역기계, 유기적인 기관으로 이루어져 있다. 그리고, 모조인간은 타인의 의식 속에 사는 '나'의 환상이며, '나'의 의식 속에 똬리를 틀고 있는 타인들의 환상이다. 인간은 이 두 가지 부분이 꼬여 있기 때문에 이상해지는 것이다. '나'의 중추나 다른 기관들은 '나'의 의식 속에서 살아가는 타인들의 환상작용 없이는 활동하지 않고, 타인의 의식 속에 사는 '나'의 환상은 '나'의 중추나 다른 기관의 활동 없이는 존재하지 않는다.

정말 몸이 가벼웠다. 자신의 존재증명이라는 의무감

에서 완전히 해방된 듯한 기분이 든다. 나는 죽어버린 것이다. 지금부터는 건강한 사체로 살아갈 수 있다.

나는 득을 봤다. 죽지 않으면 알 수 없는 것을 알게 되었으니. 이제 나의 존재감은 희박해지고, 모조인간만이 남을 것이다. 나는 모조인간으로서 어떤 것에도 나를 동일화시킬 수 있을 것이다.

내 발아래 펼쳐진 안개의 스크린에는 전장 10미터나 되는 사람 모양의 그림자가 있다. 그림자는 나의 것이다. 마침 머리에 해당하는 부분에 무지개색의 동그라미가 걸려 있다. 모조인간은 이 브록켄의 요괴다. 나를 살리는 것도 죽이는 것도 저 그림자의 손에 달려 있었는지 모른다.

나는 가라사와까지 되돌아와 산장에서 광물처럼 잠들었다. 다음 날 아침 8시가 넘어 상고지를 향해 하산했다.

상고지에 돌아오자 나는 곧장 제국호텔로 향했다. 등정 전에 건 도박의 결과를 알고 싶었던 것이다.

도중에 파출소 앞을 지날 때, 제복경관과 사복형사, 등산 가이드들이 수상쩍게 둥근 원을 그리고 이야기를 나누고 있었다. 나는 그들의 희고 검게 변하는 시선의 집중 포화를 피해 가능한 순진한 표정을 지으면서 천천히 통과했다. 어딘가서 또 조난사고가 일어난 것이다. 운이 나빴으면 경관이나 가이드의 이야기 재료가 될 뻔했다. 살겠다고 발버둥치다 죽은 녀석과 죽으려고 발버둥치다 살아남은 녀석 중 어느 쪽이 영리한가?

나는 호텔 프론트로 갔다. 그 중년신사의 이름을 잊어버렸기 때문에, 이런이런 여자하고 장기투숙하고 있는 사람을 만나고 싶다고 말했다. 상대는 고개를 갸우뚱거릴 뿐이다. 나는 범인의 유일한 목격자처럼 중년신사의 얼굴 모습을 설명하려 했지만, 기억 속의 그가 물에 녹아버린 듯 잘 떠오르지 않았다.

나는 이름과 용건을 적은 메모를 남겨두고, 비슷한 중년신사나 동행 여성이 나타나면 메모를 건네달라고 부탁했다. 프론트 담당자는 그 메모를 보자 갑자기 태도를 바꾸더니, 당신에게 메시지가 있다고 봉투를 건네주었다.

실은 아침께 경찰이 여기 와서 관계자로부터 사정청취를 하고 싶다고 말했지요. 괜찮으시다면 여기서 경찰에 연락을 해주시지 않겠습니까.

나는 다시 한 번 오버행에 매달리는 공포를 맛보았다.

무슨 일입니까?

이 손님께서 연못 건너편 숲 속에서 목을 매었는

데…….

목을 매었다…… 자살? 동행한 여자는 어떻게 되었습니까? 혹시 동반자살은 아니겠지요.

여자는 방에서 쉬고 있습니다.

이 당돌함…… 저의가 의심스런 농담으로밖에 들리지 않는다. 도무지 리얼리티를 느낄 수 없다. 모조인간에게 무지막지하게 놀림을 당한 직후, 미스터리의 등장인물이 된다는 것은 진절머리가 난다. 타인의 자살은 보아도 못 본 척하는 것이 현명한데…….

어쨌든 나는 라운지에서 맥주를 마시면서 사자가 남긴 메시지를 본다.

이쪽 사정만 내세워서 미안하지만, 도박을 그만두기로 합니다. 그 대신에 이것으로 식사라도 하고, 나의 일을 잊어주십시오. 나는 이제 이 세상에는 없는 사람이니까.

볼펜으로 갈겨 쓴 메모지와 함께 일만 엔이 들어 있었다. 나는 이렇게 여유로운 그의 자살 스타일에 중년 돈 환의 진면목을 보는 것 같아 감탄했다. 빚더미에서 벗어나기 위해서, 얽히고설킨 남녀관계를 청산할 명목으로 자살하는 사람은 수없이 많지만, 그는 그런 싸구려 드라마에는 어울리지 않을 것이다. 그는 마치 담배를 사러 가

듯이 자살한 것이다. 동반자살 따위는 생각하는 것만으로 얼굴을 붉힐 정도로 명석한 사나이였기에.

나는 사자가 남긴 호의로 테린느(terrine)와 오리 소테(sauter)와 필라프를 배 터지게 먹었다. 돈 환의 사체가 같은 테이블에 앉아 있다면 나는 아마도 이런 대사를 읊었을 것이다.

당신은 시체가 되고 나는 모조인간이 된다. 시체는 시체 이외의 어떤 것도 될 수 없다. 모조인간은 뭐라도 될 수 있지만, 시체만은 될 수 없다. 그래서, 우리들의 승부는 무승부.

그날 밤, 세 시간이나 형사와 함께 지내야 했다. 나는 절실히 생각했다. 이런 돌대가리 같은 놈이 그의 자살동기 따위를 알 리 없다고.

다음 날, 아직 피로가 풀리지 않은 채 바벨탑을 뒤로한다. 등산화와 배낭, 갈아입은 옷 따위는 택배로 보내기로 하고, 우산과 전차 속에서 읽을 책을 넣은 종이봉투 하나를 가지고 버스 터미널에서 어슬렁거리고 있는데, 죽은 돈 환의 동반여성이 얼이 빠진 채 버스를 기다리고 있었다. 나는 도박에 졌을 때의 자신의 의무를 떠올리고, 머뭇머뭇 그녀에게 다가갔다.

저어, 저번에는 고마웠습…… 생각지도 않은 일이 일어나서, 혹시 괜찮으시다면 도쿄까지 모셔다 드릴게요.

당신은 무사히 돌아왔군요.

죽을 뻔한 고비는 있었습니다만.

위험이라고는 하나도 없는데 죽은 사람도 있지만……
나…… 바래다주세요. 왠지 무서워요. 도쿄에 가는 도중에 혹시 그 사람과 같은 기분이 들어버리면…….

살아남은 두 사람은 버스를 탔다. 차내에서는 거의 말을 나누지 않았다. 두 사람은 마음이라는 부속품을 가지고는 있지만, 고장이 나버렸는지 움직이지 않았다. 그녀가 두 시간 후 특급열차 속에서 중얼거린 말은 이런 것이다.

그 사람은 자살한 것이 아니고, 나를 놀렸을 뿐인지도 몰라. 목을 매기 몇 시간 전에 우리 헤어지지 말고 조금더 지내보자고 웃으면서 말해놓고는.

그렇다면 도박은 나의 승리입니까.

에에, 그 시점에서는. 그렇지만 그 다음에, 혼자서 산책하고 온다면서 연못 쪽으로 터벅터벅 걸어가서는……
유서도 남기지 않고. 나는 놀림감이 되어버렸어. 그런 생각 안 들어? 대체 무슨 생각을 했을까. 미치지 않고는 도저히 그럴 수 없어.

그녀는 어렴풋이 알고 있는 것이다. 그 사람의 자살에는 동기 따위 없었다는 것을.

나는 인간의 마음이 돌이 되어버리는 병이 있다고 믿고 있습니다. 윤기 흐르는 해면 같은 마음을 가진 사람은 돌의 마음을 절대로 이해할 수 없습니다. 이해하고 싶다면 자신의 마음도 돌로 만들어버려야 합니다.

돌의 마음?

그래요. 돌의 마음을 가진 사람은 무엇을 보아도, 무슨 말을 들어도 느낌이 없습니다. 자신이 죽는다는 것도, 뭔가가 움직였다는 것 정도로밖에 느끼지 않습니다. 핵전쟁이 일어나거나 가족이 죽거나 자신이 죽거나 아무 문제가 되지 않아요. 그래서 어쨌다는 거냐는 것이지요.

그래도 인간인데.

그 사람에게는 인간도 돌멩이나 마찬가지입니다.

위로할 생각인가? 당신도 나를 놀리고 있어. 당신을 언뜻 보았을 때부터 그 사람과 성격이 닮았다고 생각했어. 저만 좋은 억지논리를 지껄여대면서, 그대로 행동하지 않으면 성에 차지 않는 거야. 거기에다 애인까지 끌어

들여서. 당신도 그런 돌 마음을 가진 사람인가? 반드시 그 사람도 그랬을 거야. 안 그래?

에에…… 나는 인간입니다. 단지 모조인간…….

모조인간? 무슨 말인지 도무지 모르겠는데. 이제 그만 둬. 당신과 이야기하면 화가 치밀어. 당신은 그 사람과 둘이서 짜고 나를 바보 취급하는 거지. 어차피 나는 바보 취급을 받기 전부터 바보니까. 나를 한없이 슬프게 만들 어놓고, 마음속으로는 웃고 있는 거지. 당신도, 그 사람 도. 이제 아무것도 믿을 수가 없어.

미안합니다, 그만두지요. 원래 알 필요도 없는 것이니 까요. 그것보다 한 가지 중요한 것을 듣고 싶습니다.

뭔데.

당신은 그 사람을 무척 사랑하고 있었지요.

응, 맞아. 잘못됐어? 사랑하니까 더 원통하지. 지금은 그 원통함을 달래고 싶을 뿐이야. 방법이 있다면. 어떤 방법이 있을까? 당신이 수수께끼를 풀 수도 없을 테고. 살아남은 쪽이 언제나 나쁜 사람이 되고 마는 거니까.

내가 그 사람을 대신하면 어떻겠습니까. 즉, 당신의 애 인이 되어도 좋습니다만.

세상에 어떻게 그런 뻔뻔스런 말을. 당신, 정신이 좀

이상한 것 아냐? 더 이상 아무 말 하지 마.

그녀는 얼굴을 손에 묻고 소리를 내어 울음을 터뜨리고 말았다. 울음에 섞여 알아듣기 힘들었지만, 남자 따위는 모두 자살해버려라, 라는 말인 듯했다. 그리고 우리는 거의 입도 벙긋하지 않았다. 그 사이 그녀가 뭘 하고 있었는지 모르겠다. 나는 어제의 피로 때문에 졸기 시작했다. 졸았기 때문에 주위 승객의 비난 어린 눈길을 받지 않아도 됐다.

열차가 신주쿠에 도착하자 그녀는, 이제 만날 일도 없겠군, 이라는 한마디를 남기고 잰걸음으로 콘크리트와 플라스틱의 하얀 숲 속으로 사라졌다.

모조인간은 무슨 짓을 해서도 살아갈 수 있을 것이다. 지즈루와 결혼을 하고 매일 아침 전차로 회사에 출근을 할 수도 있을 것이고, 지즈루를 목 졸라 죽여 징역 3년 이상의 형을 선고받아 교도소의 수인이 될 수도 있다. 또는 정신병원의 주민이 되는 것이 좋을지도 모르고, 모조인간을 신으로 삼는 종교 활동을 시작할 수도 있다. 예능인의 흉내 내기를 주특기로 하는 허리를 낮추며 알랑거리는 코미디언 수업을 쌓든지, 치객의 이야기를 질리지도 않고 들어주는 바텐더가 되는 길도 있다. 말이 하나도 안 통하는 나라로 가서 나머지 일생을 침묵에 바칠 수도 있고, 산장주인이 되어 매일 아침 카레라이스를 만드는 일도 흔쾌히 할 수 있다. 물론 미시마 유키오에게 여자가 되라고 권한 모조인간인 만큼 스스로 거세수술을 받고 여성호르몬의 인공투여기를 허리에 차고 다니는 일도 해낼 수 있다. 그는 결코 한곳에 머무르지 않을 것이다.

아아, 나는 뭔지 모르지만 온몸에 힘이 넘쳐흐르는 것을 느낀다. 더 이상 가만히 서 있을 수가 없다. 모든 인간의 흉내를 내면서 영원히 이 세상에 퍼져나갈 것이다. 나는 모조인간이다. 우선 그 여자 주위를 돌면서 자살한 중년 돈 환이 되어주리라.

그다지 여유 돈은 없었지만, 어쨌든 그녀가 어디에 살고 있는가를 알기 위해 미행했다. 죽은 중년 신사가 어떤 사람인지를 아는 것은 그 다음이다. 어쨌든 그녀 주위를 빙빙 돌아야 한다. 혹시 그녀가 자살을 기도할지 모른다. 내가 그것을 말리고 생의 기쁨을 설하면, 그녀의 마음은 내게로 기울어질 것이다. 달리 자살을 기도하지 않더라도, 그녀의 감정이나 사고능력은 연인의 수수께끼 같은 자살 때문에 증발되어버렸을 것이므로 그 틈을 파고들기는 아주 쉬울 것이다. 마음이 공허한 여자에게 나 같은 모조인간은 귀중한 존재다. 처음에는 상식이라는 것이 마음에 걸려 나의 유혹을 거부할 것이다. 그러는 사이에 그녀는 분명 이렇게 말할 것이다.

난 아무래도 좋아.

그때는 그때다. 그녀의 마음에 따라, 강간을 해주어도 좋을 것이고, 서정적인 동거생활에 들어가도 좋을 것이다. 실은 나도 어떻게 된들 아무 상관 없으니까.

부록

거기가 어디였던가요, 아마도 도쿄라는 곳이었던 것 같은데, 그때, 모조인간이라는 인종이 돌연변이로 생겨났다고 합니다. 모조인간은 아무것도 아니고, 아무것이라도 될 수 있는 수수께끼 같은 존재로서 도쿄뿐만 아니라 전 일본 시민들의 불안요소가 되었다는 것입니다.

그런데 나는 시마다 마사히코라는 싫증을 잘 내는 성격의 소설가입니다만, 실은 그 수수께끼의 모조인간을 만난 적이 있습니다. 왠지 기분 나쁜 놈이었습니다. 남이 생각하고 있는 것을 먼저 말하는 버릇이라고 할까요, 그런 특기를 가지고 있었습니다. 내가 뭔가를 말하려고 하면, 모조인간은 나의 사고회로를 쏙 빼내가 버리는 것입니다. 게다가 '당신이 말하고자 하는 것은 완전히 난센스예요.' 라고 단언하는 것입니다. 결국 모조인간은 자신도 타인도 난센스에 지나지 않는다는 것을 증명해 보이려 하고 있는지도 모릅니다.

나는 황야에서 그리스도와 악마의 대화를 떠올렸습니다. 그리스도는 악마의 제의를 하나도 남김없이 거부하는데, 그것은 악마의 사고회로가 난센스라는 것을 알고 있었기 때문입니다. 이를테면…….

악마는 그리스도에게, 만일 네가 신의 아들이라면 돌을 빵으로 만들어보라고 닦달하지만, 그리스도는, 사람은 빵만으로 살지는 않는 것이니, 라고 문제의 초점을 뒤틀어버립니다. 다음에 악마는 그리스도를 사원 위에 서게 하고는, 네가 신의 아들이라면 뛰어내려도 죽지 않을 것이라고 말합니다. 물론 그리스도는 그렇게 하면 신을 시험한 셈이 될 것이므로 지면에 부딪쳐 박살이 나리란 것을 알고 있었습니다. 타인의 모순을 지적하는 것이 그리스도의 특기였기 때문입니다. 최후에 악마는 자신에게 무릎을 꿇고 빌기만 하면, 높은 언덕 위에서 바라다보이는 이 세상 모든 나라의 번영을 이루어주겠노라고 말합니다. 그러나 그리스도는 애당초 악마의 말을 믿지 않았기 때문에 가볍게 거절해버립니다.

자, 모조인간이라면 그리스도와 비슷한 방법으로, 그러나 신 따위는 인용도 하지 않고 악마를 곤란하게 할 것입니다. 악마의 최초의 제안에 대해서는 악마의 어조를 빌려, 이렇게 말할 것입니다.

'자네가 악마라면 이 빵을 돌로 바꾸어보라.'

두 번째 제안에 대해서는,

'내가 신의 아들임을 네가 증명해준다면 뛰어내려주지.' 라고 대답하고, 세 번째 제안에 대해서는, '언제라도 너에게 무릎을 꿇어줄 테니, 우선 이 세상의 모든 나라를 네가 자유롭게 할 수 있는지를 보여다오.' 라고 말할 것입니다.

그리스도를 곤란하게 하는 일도 모조인간에게는 간단합니다. 모조인간은 그리스도에게 아무런 요구도 하지 않을 것이고, 질문도 하지 않습니다. 그리스도보다 먼저 그 제자들에게 축복의 키스 같은 것을 해줄 것입니다.

악마 앞에서는 악마보다 악마답게, 그리스도 앞에서는 그리스도보다 그리스도답게, 그리고 내 앞에서는 나보다 시마다 마사히코다운 놈이 바로 모조인간입니다.

모조인간을 곤란하게 하는 인간은 없을 것입니다. 그렇게 했다고 생각하는 순간, 벌써 그 사람은 모조인간에게 놀림을 받고 있는 셈입니다.

모조인간의 수는 착실하게 증가하고 있는 것 같습니다만, 실체도 없는 존재이기 때문에 확인이 불가능합니다. 미확인 존재물체로서 혹시 당신의 주위에 벌써 나타났을지도 모릅니다. 그놈은 정말로 어느새 슬쩍 나타나 있습니다. 아무리 보아도 상식과 결탁한 듯이 평범하면서도 일반적인 상식으로서는 도저히 이해가 불가능한 존재이기에. 물론, 모조인간은 미치광이는 아닙니다. 안드로이드도 컴퓨터도 아닙니다. 어디까지나 살아 있는 인간입니다. 그 때문에 음산합니다.

앞으로도 나는 모조인간과의 떼려야 뗄 수 없는 인연을 즐길 것입니다. 모조인간의 수수께끼를 해명할 때까지는 죽을 수 없습니다. 나는 그놈 덕분에 지금 실어증에 빠져 있습니다. 이제 소설가로서 생명이 끝났을지도 모른다는 불안에 떨고 있습니다. 독자 여러분, 나를 도와주십시오. 실어증의 치료에는 돈이 필요하고 무엇보다도 독자의 격려가 필요합니다. 제발, 여러분, 나의 작품 이외의 별 볼일 없는 작품은 읽지 말아주시기 바랍니다. 세계의 명작과 나의 작품이 있으면 충분하지 않겠습니까. 나는 전차 속에서 만화나 주간지, 패션잡지 따위를 읽고 있는 사람을 보면, 나의 작품과 바꾸어버리고 싶어집니다. 그런 나는 천사가 아니겠지요.

이 정도에서 독자 서비스는 그만두기로 합니다. 과잉 서비스에는 짜증이 나는 법이니까요.

마지막으로 인사말 하나.

장정에 수고해주신 가네코 구니요시 씨, 출판 때 도움을 주신 데라시마 데츠야 씨, 신조(新潮) 연재 때 도움을 주신 도미사와 쇼로 씨, 아키코 씨 부처께 감사드립니다.

1986년 4월 1일 레닌그라드에서

시마다 마사히코

옮긴이 양억관

1956년 울산 생. 경희대 국문과 및 동 대학원 졸업.
현재 전문번역가로 활동 중.

옮긴 책으로는『스피드』『플라이 대디 플라이』『800』『조제와 호랑이와 물고기들』『69』『교코』
『달빛의 강』『코인로커 베이비스』『달콤한 악마가 내 안으로 들어왔다』『장량』『인간 동물원』
『인생이란 이름의 여행』『남자의 후반생』『반역자』『나는 공부를 못해』등이 있다.

나는 모조인간 (원제: 僕は模造人間)

1판 1쇄 2006년 5월 20일
   2쇄 2009년 7월 20일

지 은 이 시마다 마사히코
옮 긴 이 양억관
기 획 팀 주정업, 김혜수, 김동근
편 집 팀 박형희, 최진
디자인팀 김성연
마케팅팀 박훈, 원혜진, 권송이

발 행 인 주정관
발 행 처 북스토리
주   소 서울시 마포구 서교동 483-1 평화빌딩 5F
대표전화 332-5281
팩시밀리 332-5283
출판등록 1999년 8월 18일 (제22-1610호)

홈페이지 www.bookstory.biz
이 메 일 bookstory@bookstory.biz

ISBN 89-89675-58-8   03830

※잘못된 책은 바꾸어 드립니다.